U0734946

扫 码 听 书

"感动中国"
2021 年度人物
江梦南

ZHUIMENG TIANSHI
JIANG MENGNAN

江文革 赵长军 讲述 曾散 著

追梦天使
江梦南

湖南电子音像出版社

图书在版编目（CIP）数据

追梦天使江梦南 / 曾散著 . -- 长沙：湖南电子音
像出版社，2022.8（2023.6 重印）

ISBN 978-7-83004-459-6

Ⅰ.①追… Ⅱ.①曾… Ⅲ.①纪实文学 - 中国 - 当代
Ⅳ.① I25

中国版本图书馆 CIP 数据核字 (2022) 第 073585 号

追梦天使江梦南 *ZHUIMENG TIANSHI JIANG MENGNAN*

出 版 人：贺永祥　　　　　音频创作：李雪晶

策　　划：贺永祥　　　　　音频制作：胡　彬

著　　者：曾　散　　　　　责任编辑：钟　可　葛靖恒

讲　　述：江文革　赵长军　装帧设计：杨发凯　张　剑

播　　讲：邱　茗　　　　　技术编辑：王　枢

出　　版：湖南电子音像出版社

印　　刷：三河市南阳印刷有限公司

开　　本：710mm×1020mm　1/16

印　　张：13.5

字　　数：134 千字

版　　次：2022 年 8 月第 1 版

印　　次：2023 年 6 月第 4 次印刷

书　　号：ISBN 978-7-83004-459-6

定　　价：45.00 元

如有印装质量问题，请与我社生产服务中心联系调换。

联系电话：0731-82228602

为每个青少年播种梦想、点燃梦想，让更多青少年敢于有梦、勇于追梦、勤于圆梦，让每个青少年都为实现中国梦增添强大青春能量。

——习近平

目录

序 章

她感动了中国

2022年3月3日，晚上8点。

延续了整整二十年的中央电视台《感动中国》颁奖盛典如约开播。十位（组）感动中国2021年度人物，成了这个夜晚最闪耀的明星。因为疫情，偌大的演播大厅里略显空旷，而在一块块或大或小的屏幕前，十四亿人的热情和感动，温暖了这个春天乍暖还寒的夜空。

我终于看到 / 所有梦想都开花

追逐的年轻 / 歌声多嘹亮

我终于翱翔 / 用心凝望不害怕

哪里会有风 / 就飞多远吧

......

第八个出场的江梦南，踏着《隐形的翅膀》那婉转的歌声而来，款款出现在镜头里。长发齐肩，明眸皓齿，如一缕和煦的春风从舞台上拂过，吹得满室皆春。

2022 年 3 月 3 日晚，《感动中国 2021 年度
人物颁奖盛典》在中央电视台播出，江梦南获评
"感动中国 2021 年度人物"

在不到两分半钟的现场访谈里，主持人敬一丹开场后的一句唇语和竖起的大拇指，让这份感动背后的爱和坚持，显得那么可贵、可敬。

两千公里之外的湖南宜章，爸爸赵长军和妈妈江文革紧紧偎依着坐在电视机前，手拉着手，目不转睛地盯着屏幕上的女儿，眼里噙着的泪水终于滑落下来。

白岩松动情地念着专属于江梦南的颁奖词——

你觉得，你和我们一样，我们觉得，是的，但你又那么不同寻常。从无声里突围，你心中有嘹亮的号角。新时代里，你有更坚定的方向。先飞的鸟，一定想飞得更远。迟开的你，也鲜花般怒放。

江梦南怀抱鲜花，挥动着奖杯，摇出一地骄傲的坚强的光芒。

错过了春天的五彩斑斓，却越过一丛丛荆棘，依旧迎来了盛夏的繁茂和葱茏。

那一刻，她是"扇动"着隐形翅膀的姑娘，是一道照进无数人内心深处的光。

那一刻之后，会有无数人泪眼蒙蒙地替她记得，她曾经无声的世界里，有一种纤细如丝却又坚如磐石的力量，支撑着她蹚过一条条湍急的河，攀过一座座陡峻的山。也会有无数人细数珍藏，她曾经和以后绽放的每一张笑靥，以及阳光下登上的每一级阶梯。

但只有她自己才知道，一路走来，始终在她身边陪伴的那两道身影，是怎样用并不宽厚的肩膀为她扛住了塌下来的天。那么多个长夜里灯光下的哗哗翻书声，那么多颗碰壁时强忍着未曾掉下的眼泪，是怎样推着自己一点一点地到达一个又一个的远方。

或许，这一路的曲折和跋涉，并非是她心底想要的与这个世界相处的方式。

逆境之中，她可能只是想着努力生长，向阳而生，可以在阳光下开成一朵安静的小花。如果可以选择，我猜她会不会像她的名字一般，憧憬着岁月静好，梦里江南；她未必会愿意坚强，梦想着逆袭。现实，却以痛吻她，而她又偏偏天生倔强，只能在徘徊孤单中坚强，就算很受伤也不闪泪光，然后在一步一步的艰难跋涉中，感动了你我，感动了中国，活成了别人眼中的传奇。

没有如果。

其实，江梦南早已不在乎了。

闪着光的江梦南，这一刻过后，似乎所有的沉重都已变得丰盈。她或许忘了自己开口说出的第一句话，但在那个明媚的清晨听见的第一声布谷鸟叫，她必定永记于心。这些，都是她给这个世界和这个世界给她的最悦耳的表达。她正慢慢熟悉这个世界的喧嚣嘈杂，时而为某一刻忽然听见新的声音而害怕，而惊喜。她悄悄地用自己的方式重新融入这人世间，来看、来听、来走自己新的人生路，和我们一样，又和我们都不一样。

感动中国，温暖人心。江梦南以近万个顽强的、不妥协的日日夜夜，把曾经的痛苦哼成了歌，为一路的风景镀上了一层昂扬的底色。

她始终如一朵向日葵般微笑着，用越来越娴熟、标准的普通话，告诉所有的人，无论人生之初开启的是什么模式，如果像她一样努力，梦想总会到达。

正如江梦南所坚信的"不是因为有希望才坚持，而是坚持才有希望"那样，梦想从来不遥远，于无声处见精神。江梦南就像一个追寻梦想的天使，带给我们光亮，带给我们希望和力量。

"感动中国"
2021 年度人物
江梦南

ZHUIMENG TIANSHI
JIANG MENGNAN

第一章

她叫江梦南

她叫江梦南

　　湘粤两省的交界线在南岭的沟壑中百转千回，千百年来，矗立于湘南粤北省界线上的莽山被云雾氤氲着，被原始森林遮盖着，一山跨两省，养在深闺人未识。

　　莽山所在的南岭，因受南方热带暖湿气流和北方冷空气共同影响，大面积林区又容易形成小气候，种种因素叠加，由此造就了莽山独特的天气景观，年平均气温17.2摄氏度，宜居宜养。莽山有着地球同纬度地区保存最完好、物种最丰富的原始森林，被誉为"中国南方原始生态第一山"和"动植物基因库"，素有"第二西双版纳"之称。

　　莽莽林海，奇石飞瀑中，瑶族的先民们世代聚居于此，而后，这里设立莽山瑶族乡。

　　1992年，正是夏末秋初，依山而建的莽山林管局子弟学校里洒满了绿荫，分外凉爽。学校早已放了暑假，开学也还不到时候。学校旁边是一条青石小道，拾级而上可以通往大山深处。

　　江文革的家就在学校附近。莽山林管局一栋两层小平房的

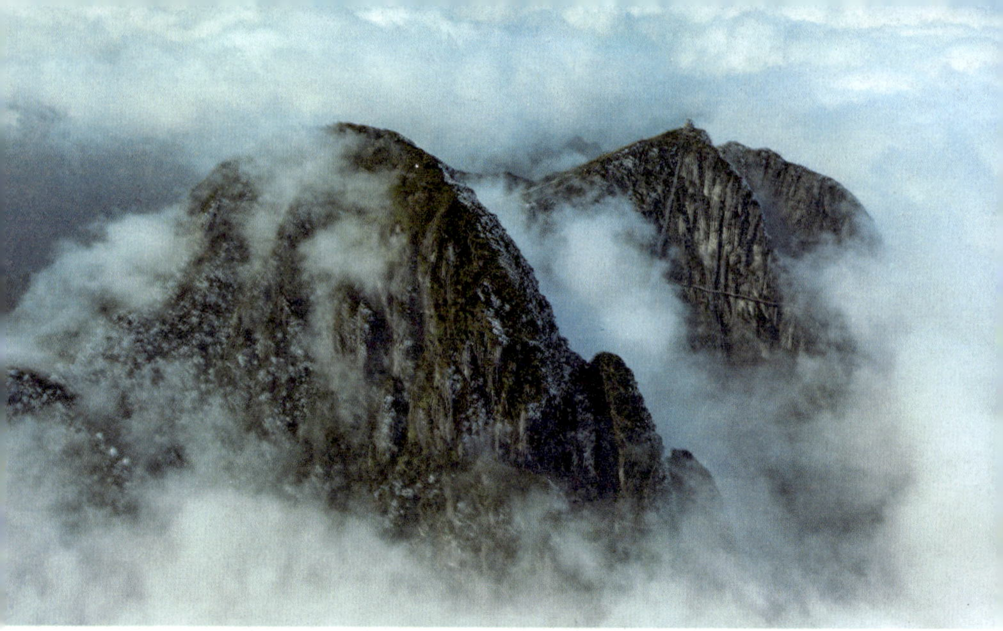

扫码观看视频

矗立于湘南粤北省界线上的莽山被云雾氤氲着，被原始森林遮盖着，一山跨两省　黄小国 摄

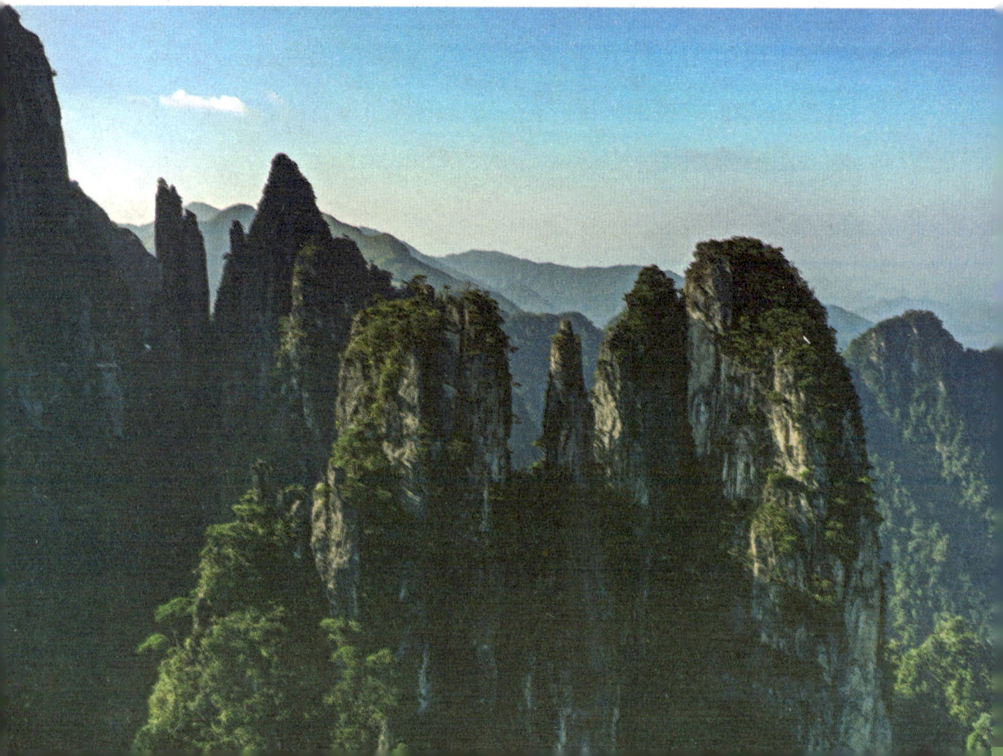

职工宿舍楼，江文革一家住在一楼最里面的那一户，这是她父亲单位分配的房子。结婚之后，夫妻俩便一直和她的父母住在一起。

江文革挺着大肚子，和丈夫赵长军聊着天。

跟妻子一样，赵长军也是一名老师，在莽山民族学校任教，教过小学语文、数学和初中数学、物理、化学、生物等课程，用他自己的话说，"除了英语之外，中学开的其他课都教过"。年轻时候的赵长军瘦瘦高高，斯斯文文，骨子里热爱生活，也是一个文艺青年，教学之余喜欢喝喝茶，偶尔还写点东西。

扳着手指，数着日子，看着妻子，赵长军的眼里满是止不住的笑意，目光变得越发的柔和起来。

说了几句贴心的话，赵长军又把话题转到这个小家里即将到来的孩子名字上来。江文革"扑哧"一声笑了出来。自从怀孕开始，丈夫最大的乐趣大概就是为即将出生的孩子取名字了，准备了一长串，男孩名女孩名都有，说是"有备无患"。可选来选去，始终没有最满意的。

是啊，不到亲眼见到小生命的那一刻，又怎么知道什么样的名字才最适合这个家庭的新成员呢。

江文革还沉浸在孩子名字的话题中，赵长军又是话锋一转："孩子生下来后，就跟着你姓江吧……"

江文革怔了一下，随即笑了笑。这个想法，夫妻俩平日里谈笑时也说起过，但这么正式地说起，还是第一回。

让妻子肚子里的孩子姓江，并非赵长军一时的心血来潮。

他岳父是广东汕头人，早年参加革命，部队南下经过宜章时，服从安排留在当地，参与筹建莽山林管局的工作；岳母是宁乡人。老两口只生了两个女儿，大女儿江文湘因工作调动离开了莽山，在外地学校当老师；小女儿就是江文革，留在宜章伴着父母。莽山居民以瑶族为主，汉族人口占少数，本地没有其他江姓人口，方圆百里范围之内，姓江的仅仅只有岳父和妻子两个人。

赵长军的想法很简单，让自己的孩子姓江，至少在姓氏上让妻子也不会显得那么孤单。况且，当地瑶族有着随母姓的传统习俗，赵长军是瑶族人，父亲姓宋，他随母亲姓赵。

小山镇里的光阴慢慢地流淌，赵长军和江文革两人兴奋地、急切地准备着婴儿的衣物、尿布，小推车都早早地就买好了，等待小生命的到来。

这年8月19日，江文革生下一个粉粉嫩嫩的女孩，当了父亲的赵长军喜爱得不得了，激动得连着几天都是喜笑颜开，见人就分享自己当父亲的心情，乐得合不拢嘴。

小小的婴孩什么也不懂，吃中睡，睡中吃，丝毫不理会这一大家子的喜悦。

给女儿取个什么名字好呢？

赵长军想了几天，还是没有定下来。之前准备的那些名字，一个个全被他否定了。当可爱的女儿降临到这个世上之后，他忽然觉得，那些想好的名字一个都配不上这个肉团团了。

这一天，一大家子都来了，围着孩子看。江文革看着襁褓里的孩子，露出幸福、满足的微笑。

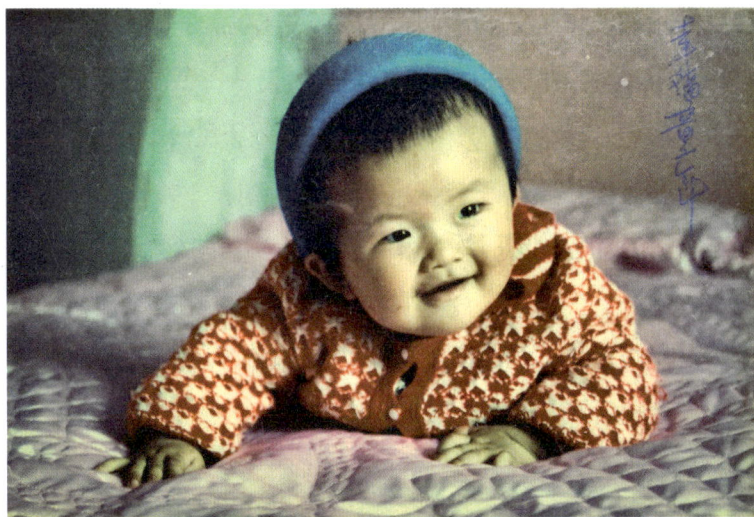

1993 年 5 月，9 个月大的江梦南在家里拍了她人生的第一组照片

"你看你看，好漂亮，长大了肯定是个大美女。"

"是啊，你看这鼻子，这眼睛，这嘴巴，跟文革长得一模一样，简直是一个模子里刻出来的……"

赵长军正在为名字的事冥思苦想，突然有人问道："对了，取好名字了没有？"

"还没有呢，不知道叫什么好……"赵长军愁得眉头都要挤作一团了。

大家都知道赵长军平时喜欢舞文弄墨，取个名字这样的事对他来说就是小菜一碟，听到名字还没取好，先是一愣，转而都来了兴致，你一言我一语地说开了，纷纷说出自己的建议。

赵长军听了直皱眉，心想这些名字也太普通太俗气了。其实在此之前，赵长军想了个名字，叫"江帆点"，是江帆点点的意思，意境十足。可转念一想，帆船总是在风浪里出没，如果孩子一辈子被这个名字"拖累"，总是经历风浪，那怎么行，于是只好把这个名字"忍痛割爱"了。

大家还在讨论的时候，来回踱步的赵长军猛地站住了，双眼一亮，说："江南！对，叫江南！"一屋子人还在思索这两个字，赵长军又摇头晃脑地说："江南好，风景旧曾谙。日出江花红胜火，春来江水绿如蓝。能不忆江南？这是唐代大诗人白居易的千古名篇，好啊，好，江南好！"也不知他说的是白居易的诗写得好，还是"江南"这个名字取得好。

赵长军还在咂摸回味着"江南"两个字，冷不丁江文革的姐姐江文湘说了一句："江南，江南，这名字好是好，但不太像女孩子的名字，而且……"顿了顿，又说道，"几年前美国还出了个'江南案'，还是不要用这个名字吧……"

赵长军当然知道8年前这个影响颇大的事件，一时间不禁也犹豫起来。

屋子里顿时安静了很多，有人小声地向别人解释什么叫"江南案"。

江文革一听姐姐说完，瞬间就在心里把"江南"这个名字否决了。不是迷不迷信的问题，母亲的天性，让她舍不得有一点点不好的影响发生在孩子身上，哪怕是虚无缥缈的也不行。

"要不加个'梦'字，就叫'江梦南'你们看怎么样？"江文湘建议道。

1993 年 4 月，江文革在郴州照顾住院的父亲，同时为江梦南治疗肺炎，照片左边是江文革的姐姐江文湘及她儿子。江梦南的名字就是根据姨妈江文湘的建议取的

"江梦南……""江梦南……"大家念了几遍，都觉得好听、好记，朗朗上口。

江文革抱着怀里的女儿，一边轻轻拍着，一边轻轻地念着"江梦南，江梦南……"她越发满意这个诗情画意的名字。

赵长军眼睛一亮："江梦南，好，这个名字好，岁月静好，梦里江南……"

经过这么一解释，屋子里的人全都赞同就取这个名字了，有人还开起了玩笑："哎呀，到底是读书人啊。"大家都笑了起来。

欢快热烈的气氛中，正式有了名字的小小江梦南在妈妈的怀里睡得正香。

女儿满月后，赵长军喜欢抱着她出去走走。有时候顺着学校旁的小路走到高处，站在树荫下，让小梦南看着远方的风景，赵长军往往诗兴大发，吟上几首这辈子只有他自己才知道的诗；不上课的时候就抱到学校里，随便找个地方坐下来，憧憬着女儿以后读书的情景，想着想着脸上就笑开了花，眼睛也眯成了一条线。

在路上碰到熟人，总会让他们看看自己襁褓中的女儿，是那样的可爱、娇憨，然后一脸得意地享受着大家的夸赞。

如果有人问起名字，赵长军更加得意了，乐呵呵地说："她叫'江梦南'。"

江文革也会偶尔出门在附近转一转。看着父女俩尤其是丈夫喜笑颜开的样子，她觉得世上最快乐、幸福的事情莫过于此。

1992年那个夏秋，是赵长军夫妻俩这辈子最轻松、最惬意，也最满怀希望的一个时节。家里添了一个新生命，一切都像要重新开始了。那时候天正蓝，树正绿，灿烂的阳光洒在大地上，照耀着幸福的一家三口。

"虚惊一场"

小梦南一天天长大了。

赵长军和江文革最初的兴奋劲也慢慢退了，但不管什么时候，只要一看到女儿肉嘟嘟的小脸蛋，都会觉得此生无憾，老天不薄。赵长军只要一下课就往家里跑，哪怕课余时间只有十分钟，也要一路小跑回来抱一抱、逗一逗女儿，直到江文革催促了好几遍才恋恋不舍地把女儿放下，再一步三回头地往外走，出了门就一路飞奔回学校。

夏去秋来冬又往，江梦南似乎一天一个样，渐渐地，她知道睁着明亮的大眼睛，露出天真的微笑，懵懂而又好奇地打量着这个新奇的世界。到得半岁左右，江梦南经常会被眼前的事物吸引，时不时发出"咯咯"的笑声，逗得赵长军和江文革开怀大笑。

过完年没多久，正是春暖花开的好时节。

这一天，江文革的父亲在家起身开灯，一个没注意就摔倒在地。正抱着江梦南在晒太阳的江文革一听屋里传来的响声，赶紧回屋。看着倒在地上的父亲，江文革吓得六神无主，把手里的孩子递给母亲，用尽全力扶着父亲躺到床上，转身就去学校找赵长军。

赵长军一听也慌了神。岳父已是古稀老人，本来身体就不好，现在又摔了一跤，更是雪上加霜了。于是赶紧跑回家，小心翼翼地把岳父送到莽山林管局的职工医院。

职工医院的初步检查让全家人心惊肉跳，老人家多处骨折，必须转院去大医院治疗。几个人一商量：到郴州的五〇一医院（现为中国人民解放军第一九八医院）去，那里是部队医院。老人家生活不能自理，一个人看护肯定吃不消，夫妻俩只能跟学校请假一起去医院陪护。

但家里这一摊子怎么办呢？赵长军为难了。岳母腿脚不好，又有青光眼和白内障，一只眼睛几乎失明，只能留在家里。女儿江梦南还小，不方便一起带过去，留在家里更不行，外婆照顾自己都费劲，带小孩根本不可能。

略一合计，赵长军把几个月大的江梦南送到乡下她奶奶家。反正离得也不远，就在一公里外。

安顿好家里，赵长军夫妻俩辗转把老父亲送到近两百公里外的郴州，住进五〇一医院。

办住院手续、在病房整理收拾，打仗一般把事情忙完，两人这才得以松一口气。

看着老父亲在病床上躺着，家里还有个时刻要担心的老母亲，又想想送回乡下才半岁多的女儿，赵长军和江文革眉头紧锁，心里乱成了一团麻，觉得糟心的事怎么赶着趟来了。

经过进一步诊断，老人多处骨折。因为年纪大，还有其他基础疾病，需要住院治疗一段时间，至于什么时候能康复出院，医生说只能边治疗边观察。

个把星期后，老人的病情仍是不见起色，没有好转也没有恶化。但赵长军和江文革已没有当初来医院时那么慌乱了，事已至此，急也没用，老话说，"伤筋动骨一百天"，这个年纪再加上这个身体状况，短时间内想要出院显然不现实。只是，夫妻俩对家中母亲的牵挂、对女儿的思念日甚一日。

当时郴州地区还未通高速公路，市区和莽山瑶族乡距离遥远，山重水复，一天难以乘车回转，病房里离不了人，两个人谁也没动回趟家的心思。

又过了几天，江文革跟赵长军商量着，自己想回家一趟。那个年代电话还没有普及，对家里的情况也不能及时掌握，江文革放心不下母亲和女儿。

这些天里，她人在医院照顾父亲，但脑子里止不住地念着家里，尤其是想女儿想得心似油煎。而且这一两天来，她总有一种说不清道不明的预感，不知道是好还是坏，但心里总是异常烦闷，像是有什么东西堵着。

这种模模糊糊的感觉，她没跟丈夫说。他已经够累了，医院手续上的琐事、照顾老人的大小事情，几乎都是他一个人在忙活。

赵长军理解妻子的感受。这还是自女儿出生以来母女分开最久的一次，母女连心，女儿是母亲身上掉下来的一块肉，这么久没见到，思念之情可想而知。

看着不到半个月就瘦了一圈的妻子，赵长军说，回去一趟也好，我也挺担心的。

回家只能坐班车，到家肯定很晚了，也不急着这一天吧，江文革想着第二天一早就动身。

说完回家的事，夫妻俩帮病床上的父亲翻了个身，江文革打了一盆热水，细心地给父亲擦了擦。

事情刚忙完，一个护士走了进来，告诉赵长军有人找他，把电话打到医院来了，要他赶紧回去。

"什么事情？"赵长军心里一激灵，莫名觉得心里有点慌。这个时候是谁会这么急着找他呢？但肯定是急事，要不然也不会打电话到这里来了。

"说你女儿一直发高烧还没退，要赶紧回去看看。"

"一直发高烧"几个字，夫妻俩都知道意味着什么。

江文革的脸色瞬间就变了。想起这两天心里的预感，愈发地慌乱，坐着起不来身，浑身都有点抖了。眼泪根本止不住，一个劲地流着。

赵长军也急，却只能强压着担心，让自己冷静下来。家里的顶梁柱，什么时候都不能乱啊。

第二天天还没有亮，江文革就火急火燎地来到汽车站候车，急急忙忙赶回了莽山，赵长军留在医院继续照顾病人。

江文革回到家，就看到半岁多的女儿在床上睡着了，却一边还打着吊瓶，针头就扎在脑袋上。小脸蛋红通通的，喉咙里应该是堵着痰，时不时发出急促的呼吸声，像是小喉咙里在吹泡泡。

江文革的心疼得都要碎了。

她抓起女儿的手轻轻揉着，嫩嫩的手背上有几处瘀青，扎针的痕迹显得格外刺眼。

婆婆看到儿媳终于回来了，有了主心骨，在一旁说起了这些天的经过。

原来，江梦南到奶奶家没多久就感冒了，可能是年纪太小，抵抗力差，一下子就转成了肺炎，发起了高烧。一直生活在乡下的奶奶以为就是普通感冒，抱着孙女去乡里的卫生院打了针，一针下去烧就退下来了，没想到晚上睡觉时又发烧了，隔天就没去卫生院，到村里"赤脚医生"开的小诊所打了退烧针。好了大半天，又是发高烧。奶奶也不懂，孙女一发烧就抱出去找医生，只要能把烧退下来，也不懂打的是什么针。一连十来天，不知道打了多少针，吃了多少药，也不知道打了些什么针，吃了些什么药，孙女烧了退，退了又烧，反反复复，实在没办法了，就找到了江文革的单位莽山林管局（当时江文革属林管局职工）

工会求助。工会的一位领导一看，不得了，这可是大事。他知道这些天江文革夫妻都在医院照顾父亲，赶忙想办法查到了郴州五〇一医院的电话，这才把消息传给了赵长军和江文革。

江文革守着沉睡的女儿，盯着吊瓶里的水"滴答滴答"一滴一滴流下来，自己什么也做不了，只能默默垂着泪。

吊完水没多久，江梦南像是睡饱了，睁开了眼睛，一眼就看到了妈妈，愣了一愣，眨了眨眼，咧着小嘴微笑着。

江文革连忙伸手贴在江梦南额头上探了探温度，另一只手放到自己额头上试了试——退烧了。她一直悬着的心这才放了下来，一把将女儿抱起来搂在怀里。

虚惊一场啊。江文革深深地舒了口气。连日劳累，心里也紧绷着一根弦，都快耗尽她所有的精力了。

女儿的病像是好了，江文革心情一下子就跟着好了起来，她目不转睛地看着，又想不出什么办法能把这十多天里缺失的爱一股脑地补上，只能紧紧搂着，亲了又亲。

她这才发现，女儿红扑扑的小脸蛋上冒出了不少小红疙瘩。转念一想，天气慢慢热了，女儿又是个肉嘟嘟的"奶胖子"，这些天生病也一直穿着厚衣服，"热出来的痱子吧"，她这样自己给自己解释。

把江梦南哄睡后，江文革为父亲住院的事去了趟林管局，碰到了当时的局长姚保平。整个单位就这么大，干部职工之间都熟，江家的人缘也不错，两人就多聊了几句。问完江文革父亲的身体，姚保平又问起了江梦南的情况。江文革把这段时间里的经过一说，姚保平越听越不对劲，最后有些担忧地说："还是去市里大医院看看，孩子这么小，马虎不得。"

告别姚局长回到家，江文革心里隐隐有了些担心。却也没多想，女儿现在烧也退了，能吃能睡，病应该是好了吧。

谁知到了晚上，江梦南又发起了高烧。江文革抱着哇哇大哭的女儿，像是怀里抱着一个滚烫的火炉，烧得心都要焦了。猛地想起之前局长的提醒，江文革真觉得有些慌了，恨不得马上天亮，恨不得肋生双翅一下子就能飞到医院去。

第二天，江文革就像她之前从郴州赶回莽山一样，又是火急火燎地一大早就动身出了门，带着女儿到了郴州。

一封回信

在郴州五〇一医院，经过医生的诊治，江梦南又挂上了吊瓶。因为之前的治疗几乎是天天都在打针、吊水，她身上能扎针的地方已经很少了。半岁的孩子血管又细，护士找了半天，这才勉强找了块能下针的皮肤。

到了第十一天，医生说，小宝宝的烧终于退了。

江文革生怕又跟以往一样，过几个小时或是到了晚上又反复，一直都小心翼翼地在旁边守着。

两个小时过去了，一个下午过去了，江文革时不时去摸女儿的额头，又一次次安下心来。等到了晚上，女儿的体温还是正常的，江文革这才松了口气。晚上带着女儿睡觉时，江文革还是不敢太大意，一整晚都似睡非睡，似醒非醒。

天亮了，江文革惊醒过来，一摸女儿的额头，一颗心这才真正放到了肚子里。那一刻，她好像是突然被抽光了身上所有的精力，躺在床上实在是不想起来。

"到底还是大医院靠得住。"江文革想着。女儿在这里打了这么多天吊瓶，她发现护士每次用的剂量都很小，有时候甚至是半瓶都不到，就觉得奇怪，在她的印象中，吊瓶不都是一整瓶的吗。问了才知道，小孩子用药一定要谨慎，不能和成人一样对待。她这才恍然大悟，想想女儿在莽山打了那么多天针，也不知吃了些什么药，一时间心里后悔莫及，也深深自责，怎么就没有早点回去呢？

父亲的病还是老样子，江文革和赵长军心里虽然还是着急，但不像之前那样焦躁了。女儿已经在身边，肺炎治好了，烧也退了，压在心里的几块大石算是搬去了最重的那一块。

可没过几天，赵长军就发现了似乎哪里不对劲。自从肺炎治好后，女儿跟以前比起来却像是换了个人，叫她也不搭理。虽说七个多月的小孩还不能开口说话，但肯定不会是这个情形。一开始，赵长军还以为是这么多天父女俩没见面，女儿对自己生疏了，逗她都不笑，抱在手里也是怔怔地望着他，眼里没有以前那种灵巧劲了。次数多了，赵长军觉得不正常了。

江文革也发现了这个问题。跟丈夫一说，越说心里越不踏实。

赵长军摘下腰间挂着的钥匙，在女儿耳旁摇了摇。之前在家里，两口子就经常这么逗女儿玩，拿个能发出声音的东西在女儿耳朵旁摇一摇，又马上换到另一边，女儿扭头过来没发现东西，又会把小脑袋转到另一边，惹得他们哈哈大笑，女儿也就跟着咯咯直笑。

可这一次，赵长军把钥匙摇了一分多钟，女儿却一直都是盯着前方看，丝毫不理会耳边"叮叮叮叮"的响动。赵长军越摇越用力，可江梦南始终都是无动于衷。

江文革走到另一边，大声叫着："南南、南南……"如果是以前，女儿只要听到妈妈的声音，肯定会转过去，然后伸着两只小手要抱，可这一次，女儿像是没听见，只是呆呆地看着前面一动不动。

两口子对视了一眼，从对方的眼里，都看到了慌乱。

"难道……"

"南南……她未必……"

可谁也不敢往下想。江文革一遍一遍地呼唤着女儿的小名，一声比一声大，喊得眼泪流了一脸。

赵长军转身把洗净的铝饭盒拿了过来，放到女儿耳边，想了想，用勺子轻轻敲了一下——没反应。又敲大声点，再敲更大声点……敲了十多下，饭盒都凹下去了几处，赵长军实在下不去手了。这么大的声音，这么小的孩子，万一是女儿顽皮，故意装作听不见，那该多难受。

赵长军定了定神，说："问问医生吧。"

五〇一医院就有五官科。赵长军抱着女儿找到了科室一位姓鲁的主任医师。鲁医生拿着音叉，在江梦南耳朵旁边敲几下，又绕到背后敲几下，她却一直都是看着前方。鲁医生收起音叉，告诉赵长军，孩子刚刚大病一场，恢复没这么快，而且不会说话，就算听到什么也表达不出来。

鲁医生的话让赵长军放心了不少。他想了想，医生说得对，大人生这么久的病也会吃不消，更何况这么小的孩子。把医生的话和江文革一说，江文革也觉得有道理。

两口子都松了一口气，继续逗着小梦南。

逗着逗着，江文革忽然说，要不再去别的医院看看吧？

接下来的几天里，两口子轮流带着女儿走遍了郴州市里的医院，得到的结论也几乎一致：孩子太小不好检查，也有可能是病愈后的正常表现。

一个医生、一家医院的诊断可以不接受，但其他医生、其他医院给出近乎相同的诊断，让赵长军和江文革一下子就没办法了。医生的说法，他们愿意相信，但女儿这个情况，也有可能是听力出现了问题。万一是因为现在无法检测而导致错失治疗先机，那样的后果谁也无法承受。

江文革忽然说："你妹妹不是在北京吗，正好也是这方面的医生，要不问问她？"

赵长军拍了拍脑袋，叹了口气，真是病急乱投医，把这个事给忘了。赶紧找出纸和笔，把女儿的情况详细写清楚，当天就把信寄了出去。

江梦南的脸渐渐红润起来，大大的眼睛，圆圆的脸蛋，医生、护士见了都喜欢逗她玩。可无论是谁，无论怎么逗，她的眼睛总是只看着前方，看着站在前面的人咧着嘴笑。

江梦南笑，却只是微笑，不像其他这么大的孩子，笑起来咯咯咯，隔着走廊都听得到。只有在哭的时候，她才张着嘴，发出"哇哇哇"的声音。更多的时候，她只是安静地坐着，呆呆望着前面，不哭也不闹。

赵长军和江文革有时彼此安慰。只是越到后来，开口的人越来越没了底气。

天气一天比一天热，转眼就到了最炎热的夏季。江文革父亲的病突然恶化，整日陷入昏迷，医院下了好几次病危通知书。

也正在这个时候，赵长军妹妹回信了。信上说，梦南这样的情况很不正常，极有可能是在治疗肺炎的时候用药不当导致了听力受损，建议尽快去省会长沙做个全面的检查。

这封信像一根刺扎在两口子心上。之前的犹豫、侥幸，以及好几家医院的检查结果，被这封轻飘飘的信动摇了。

望着床上的父亲，看看怀里目光日益呆滞的女儿，两口子心急如焚，却又无计可施。想不顾一切马上带着女儿去长沙的大医院做检查，又实在舍不得也放不下生命已经进入倒计时的父亲。

夫妻俩无数次幻想着、盼望着，突然某一个时刻，床上的父亲突然之间病就好了，或者女儿在哇哇大叫了。可每一个清晨醒来，病房里静得只听得到自己的呼吸声。

这年八月，江文革的父亲还是走了。在人生的最后岁月里，他对一切都只能不闻不问，在安静中离开。刚满一岁的小梦南，

1993 年 4 月，江文革带着女儿在郴州求医
期间住在姐姐家里（图左为江梦南的表哥）

也不知道这个从世界上消失的老人到底是谁，只是呆呆地看着眼前忙乱的一切。

处理完父亲后事，匆匆擦干眼泪，除下孝服，赵长军和江文革已没有时间去哀伤了。安顿好母亲，夫妻俩带着江梦南踏上了漫漫求医路。

"感动中国"
2021年度人物
江梦南

ZHUIMENG TIANSHI
JIANG MENGNAN

第二章

世界给她关上了一扇门

世界给她关上了一扇门

根据妹妹回信的建议，赵长军和江文革带着女儿直接去了位于长沙的湘雅医院。

医生问了情况后，开始给江梦南做常规检查。可能是到了陌生的环境，刚开始，小梦南就不配合了，要么动来动去，要么就是哭个不停，检查不得不中断。江文革心里着急，赶紧去哄女儿，却没有效果。

一个年轻女医生拿了个花花绿绿的魔方球过来，在江梦南面前晃了晃。小梦南竟然一下子就安静下来了，伸出小手就拿。女医生把魔方球给了她，看她玩得不亦乐乎，呵呵一笑："小朋友，球就送给你啦，乖乖听话做检查。"

江梦南一门心思地玩着魔方球。江文革拉起她的小手冲女医生摇了摇，说了好几声"谢谢"。

做完常规检查后，医生说，再做个脑干听觉诱发电位测试。

检测时间大概需要半个小时，赵长军和江文革心里七上八下，咚咚咚跳个不停。他们觉得这半个小时好漫长，每一秒钟都似乎看得见痕迹。心里无比纠结着，既盼着结果早点出来，又希望检测做得仔细点，时间长一点。

医生此前给江梦南服下了适量的安眠药物，她正安安静静地躺着。

时间分分秒秒，心里忐忐忑忑。结果终于出来了。

赵长军从工作人员手中接过报告单，一眼就看到了结果：无听力。一时间只觉得天旋地转，眼眶一热，泪水马上就要流下来了。

江文革的心猛地沉了下去，夺过丈夫手中的单子，看了几秒钟后只觉得眼前一黑，然后栽倒在地。

江梦南还没醒，睡得正熟，幼小的她哪里会知道父母的世界里正经历着山呼海啸、天崩地裂。

赵长军赶紧把妻子拉起来。拉扯了好几次，两人才在凳子上坐下来。

医生似乎见惯了这样的场景，等面前的两口子稍微平静些后，才开始分析结果。江文革捂着脸小声抽泣着，听不清医生讲了些什么。赵长军强打起精神，努力听着医生讲的每一个字。检测结果显示，江梦南右耳 135 分贝未引出反应波，左耳 105 分贝未引出反应波……

"……系极重度神经性耳聋。"最后的几个字，有如一道晴天霹雳打在赵长军和江文革身上，心存了几个月的幻想被击

1993 年，湘雅医院属于湖南医科大学附属医院，后并入中南大学，现名中南大学湘雅医院

个粉碎。江文革像是在喃喃自语："不可能，肯定是检查搞错了，是检查搞错了。"

医生也叹了口气，继续说着更残酷的诊断：检测的言语香蕉图显示，声音多个频率段的缺失情况也很重，基本没有可能学会说话。这种极重度的病情，以目前的医学技术而言，是不可逆的。

江文革流着泪拼命摇头："医生，不可能，肯定是检查搞错了！"她不断地重复着"不可能"，一声比一声高，撕心裂肺。

看着失去理智一般的妻子，赵长军心如刀绞，一把把她拉住紧紧搂着。

其实他又何尝不想真的是检测结果错了。但他心里清楚，在这种事上医生绝对不会开玩笑。这么有名的医院，这么先进的仪器，基本不存在出现这种失误的可能。江文革浑身颤抖着，不停地念叨着"不可能，不可能"，声音越来越小，赵长军的泪水在眼眶里打转，也忍不住说："医生，您再给我们做一次吧。"

医生摇着头说："我们的检测结果是不会出问题的，也不是只做你们的检测。这个结论就是最客观、最科学的检查结论，哪怕再做十次也是一样的结果。"

也许是觉得自己的话太过生硬，医生语气变得温和起来了："你们应该是外地来的吧？看样子也不太富裕，做一次脑干听觉诱发电位测试差不多要三百块钱，你们真的没必要……"

江文革赶紧打断了医生的话："我们不怕花钱，我们愿意花这个钱，麻烦您再给我女儿做一次好不好？"

赵长军没有说话了。他倒不是心疼钱，当时的赵长军月工资二百多元，多做一次检测，无非就是一个月工资没了。但和女儿的健康比起来，这些工资算什么，哪怕是几年、几十年的工资又怎样？只是，他在学校也教过生物，教过物理，清楚损失一百多分贝的听力是何等的严重。他记得曾经在资料上看到过，人的听力范围有个阈值，大约低于 25 分贝以下的声音就听不见了，女儿的左耳损失听力达 105 分贝，也就意味着只有130 分贝以上的声音女儿才有可能听得见，而喷气式飞机的发动声也不过这个分贝水平。

江文革还是坚持再给女儿做一次检测。赵长军扶着她坐下，她却无法在凳子上坐稳，整个人都瘫软着，眼镜垮到了嘴唇上边，满眼泪花的她其实早已经看不清医生了，但仍朝着那个模糊的身影苦苦请求着。

医生长吁了一口气。好吧，那就再检测一次。

赵长军转身就去缴费，医生叫住了他，摇了摇头说，你们也不容易，这次就不收你们的费了。

就像是漫天大雪中划燃了一根火柴，赵长军的心里闪过一丝暖流，忙不迭地点着头，谢谢，谢谢。

半个小时后，检查结果出来了——跟第一次一模一样。

这次江文革没有再哭出声来，像是早就知道了这个结果。江梦南已经醒来了，蹬着小腿，双手划拉着想要妈妈抱。江文革直直地望着她，半天才反应过来，赶紧一把抱住女儿。刚醒的江梦南睁着眼睛望着妈妈，看见一颗颗眼泪都滴在了自己脸上，嘴巴一张一翕，马上哭了起来。

夫妻俩不知道是怎么走出医院的。站在人来人往的马路上，江文革平静下来了。她还是不太相信这个检测结果，对丈夫说，我们明天再去下湘雅附二吧。赵长军没有作声，从口袋里掏出一支烟，蹲着点燃了。才吸了一口就呛住了，咳得眼泪直流。

"南南还这么小，我实在是不甘心啊……"

赵长军猛地起身，把大半截烟扔开了，说："好，我们明天再去附二。"

　　江文革的舅舅就住在长沙。虽然离医院较远，为了省下住宿费，夫妻俩还是坐公交车前往舅舅家。默默挤上了公交车，站在过道里，赵长军和江文革如木偶一般，都没有讲话的心思。车厢摇摇晃晃，车上乘客很多，天气也正是最热的时候，他们却只觉得遍体冰凉。

　　忽然，一个妇女的谩骂声响起，把两人从沉思中拉回来。江文革扭头一看，竟然是冲着自己在嚷嚷，一开始没听明白，后来才知道，原来是女儿的脚无意间碰到她身上了。

　　可能是车子开起来的时候颠簸，女儿的脚就晃到了别人身上，江文革猜测着。但实在是没有心思辩解一句，只是一个劲地道歉，对不起对不起，孩子还小不懂事。

　　赵长军也说了几句对不起，把女儿接过来抱在手里。

　　对方又嚷嚷了几句，或许是觉得跟这种不反驳的对手吵架没乐趣，也就罢休了。

　　公交车上的这场小风波很快就过去了。车上人声嘈杂，这样的小事几乎天天都有发生，谁会去关注呢。

　　第二天一早，赵长军和江文革带着女儿来到了湘雅附二医院。挂号，排队，一整套听力检查下来，与前一天在湘雅医院的结果依然一模一样。

　　这一次，两人出奇的平静。"北协和，南湘雅"，作为中国临床医疗水平最高的医院之一，两次相同的结果已经足以证明女儿的听力出现了问题，这是板上钉钉的事实了。

纠结、期盼了那么多次的结果终于尘埃落定。

女儿耳朵聋了——世界给她关上了一扇门。

夫妻俩不得不接受这个现实，心里泛起一阵阵绝望。那么，女儿以后就只能生活在悄无声息的世界里了吗？一想到这，夫妻俩只觉得揪心般的疼。

即使是医生说了"不可逆"，现有的医学条件治不好，两人心里还是怀着一点希望，又去了湖南省儿童医院。

儿童医院的医生看了两所医院的检查结果后，建议他们不要再到处奔波了，与其把时间花在求医问药的路上，还不如早点去学手语，以后也好跟孩子交流；等孩子再长大点，就送去聋哑学校。

手语——聋哑学校……

夫妻俩眼前同时浮现出女儿以后比画着双手的场景，不禁黯然神伤。

赵长军突然问医生："助听器呢？助听器能把声音放大，会不会有效果？"

医生摇了摇头说："助听器只适合听力损失不超过95分贝的，你们的女儿135分贝都没有引出反应波……如果能行，我们早就提醒你们了。"看到江文革也准备张嘴说话，医生继续说道："助听器不便宜，国外进口的要好几千一只，也容易损坏。孩子现在这么小，一不小心就拽坏了。"

从儿童医院出来后，哪怕心里再不情愿、再抗拒，赵长军和江文革还是去了当时长沙中山路附近的一所聋哑学校看了看。

学校旁边就是船山学社旧址，如果是在以往，赵长军肯定会去参观一下船山学社，可这个时候，他完全提不起这个心思了。

聋哑学校里大部分是些十来岁的孩子，相互之间也比较熟悉，正在你追我赶打闹着，一边跑一边双手比画着，嘴巴偶尔也会张开，却只能发出模糊细微的声音。

赵长军和江文革隔着围栏看着里面，像是站在远处看一场无声的电影。每个人物都是那么活灵活现，他们的动作、表情甚至眼神都看得清清楚楚，毫发毕现，却听不到一丝声音。

还有一个年龄偏小的学生，可能是才去不久，一个人默默地靠着墙站在角落里，茕茕孑立，独自晒着太阳。

赵长军和江文革下意识地看了一眼对方，眼睛里满是震惊。

懵懵懂懂的小梦南伸手抓着围栏，看着里面的小朋友，脸上是一如既往的安静。

看着那个角落里仰着头的孩子，赵长军实在不愿意女儿将来有一天也要经历一段这样孤独、揪心的过程。

不送聋哑学校，那还能怎么办呢？

赵长军心里忽然冒出一个大胆的想法——无论如何也要教会女儿说话。

这样的想法冒了个头，赵长军就抑制不住兴奋地越想越多，越想越远。他转过头对江文革说，我们教南南说话，不送聋哑学校了。

江文革一愣，随即擦干眼泪，忙不迭地点头，嗯，不送了。

至于难度有多高，可能性有多大，完全没有在他们的考虑范围之内。只要能不把女儿送到聋哑学校去，其他的都以后再说吧。

逃也似的离开了那里，他们又折回了儿童医院。他们再次找到医生，说还是想给女儿买个助听器。

医生还是之前的态度，一再地劝导，却打消不了赵长军和江文革的念头。不管医生如何劝导，两人执意要买。

最贵的肯定买不起，最便宜的肯定没啥用，就买个中等的。最后，医生摇着头推荐他们花三百块钱买了一副国产助听器。

又打听到长沙有帮助聋哑儿童语言康复的机构，他们兴冲冲地找过去，了解一番后，买了几本书。

只能回家了。回莽山的路异常漫长，赵长军把助听器紧紧抱着，车子稍微颠簸一下都担心，生怕有一丁点的损伤。

背水一战的希望

回到家，迫不及待地打开包装盒，赵长军和江文革看着里面比 BP 机稍大一点的助听器，就想起一个严峻的问题：没有经验，更没人指导，光凭这副助听器，外加几本去长沙时从语言康复中心买回来的书，接下来该怎么做呢？

不管这么多，先给女儿把助听器戴上。

江文革将耳机线连上助听器，刚把两个耳塞放进女儿耳朵还没几秒钟，就只见江梦南举着两只小手去扒，没几下就把耳塞扯了下来，直接送进嘴里咬了起来。再来几下，线就绕作了一团。

试了几次都没用，刚把耳塞放到耳朵上，马上就被江梦南扯下来了。看来，要先让女儿适应一下耳朵里塞东西的感觉。

等到江梦南睡觉的时候，夫妻俩就轻轻把耳塞放到她耳朵里。这样试了几天后，果然有效果，江梦南逐渐适应了耳朵里的异物感，耳塞在耳朵里放的时间也慢慢长了些。

耳塞大部分采用的是橡胶材质，没过多久，江梦南的耳朵就被磨破了皮，江文革心疼极了，想了个办法，找来棉花替代，团成一团，等女儿睡着了就放进去。

为了让女儿觉得戴耳塞是个好玩的事，等女儿醒来后，夫妻俩就假装去抢，抢到后就塞进自己耳朵里，江梦南也跟着抢，一下子就抢到了，有样学样，拿起就往耳朵里塞。到后来，只要一醒来就去找，找到了就自己戴上。

家里有台播磁带的录音机，只要女儿把耳塞放进耳朵，赵长军就把录音机打开，里面传出火车、汽车或者各种动物的叫声，也不管女儿能不能听得见。

江梦南在习惯助听器，赵长军和江文革也在认真地看从长沙带回来的那几本书。从头到尾翻完了，他们也学着里面的做法，抱着女儿坐在镜子前，缓缓地开口不断重复着一个字，嘴型也做到最夸张、最明显。从最简单的"啊"开始，赵长军和江文革只要有时间，就抱着女儿对着镜子开始"啊"。江梦南好奇地看着镜子里的爸爸或妈妈，有时被逗得笑容满面，偶尔也会张开嘴巴跟着学，但就是没有声音发出来。

只要女儿张嘴了，赵长军和江文革就很高兴，提高音量继续。往往是再过几分钟，女儿嘴巴又张开了，像他们一样做同样的口型。到后来，只要他们一张嘴，女儿就学着做，但喉咙里始终不发声。

喉咙，喉咙也要动啊！他们对着女儿一遍遍地说。可江梦南听不懂也听不见，有时候爸爸妈妈说急了，她就吓得哭起来。

一哭就有声音了。赵长军灵机一动，拿着女儿的手放到她喉咙上，轻轻地说："就是这样，喉咙要动，要动！"

哭着哭着就不哭了。赵长军又把女儿的手放到自己的喉咙上开始讲话。可能是感受到父亲喉咙的震动或者是喉结的蠕动，江梦南又咧着嘴笑开了。

但无论怎样，除了哭，她就是不发出声音来。

一遍遍地对着镜子教，把女儿的手贴在自己喉咙上感受声带的震动，把手放在嘴巴前感受说话时的气流。一天又一天，赵长军和江文革失望了，就像是漂泊在无边无际的海面上，怎么也看不到地平线。

但一想到要把女儿送到聋哑学校，他们也只能坚持下来。

江梦南一岁多的时候，同龄的孩子都会"打哇哇"，可她还不会。赵长军把女儿抱起来，再把手掌盖在自己嘴巴上轻轻拍着，嘴里发出"啊"的长音，断断续续的"哇"声回响着。又把手放到女儿嘴巴上轻拍着，刚拍几下，江梦南张开嘴笑了。可直到拍了一百多下，就是没有一点声音发出来。

江梦南正觉得好玩，可爸爸的手突然就停下来了。她睁着眼睛看着爸爸，心里不明白为什么。

江文革坐在一边看着，心里一酸，转身走了出去。

就算是在长沙，最好的医院都下了相同的诊断，他们也接受了，但只要听到一点有关的消息，他们心里那一点点熄灭过无数次的火苗就会复燃。

那几年社会上流行气功，传闻中不少疑难杂症都被"气功大师"治好了，癌症、艾滋病等老百姓眼中的绝症也有不少被"大师""治愈"，甚至不少知名的科学家都在推广气功。赵长军想，医学没办法的事，也许试试气功会有奇特的疗效吧。

费了不少周折，见了不少"大师"，气功、特异功能都试了，一个疗程接着一个疗程，钱也没少花，可最终女儿没有发出一个音来。

夫妻俩像是陷入了魔怔，只要能让女儿开口说话，什么方法都要试一试。

他们买了不少报纸，专门盯着中缝或边边角角的小广告看。有号称可以治疗的"特效药"，他们都想方设法要买来试一试。还有的说针灸效果好，他们就带着女儿上门去扎针。

小小的江梦南也变得懂事了，坚强了，似乎知道爸爸妈妈是在给她治病，再苦的药都肯乖乖喝下去。有一次在郴州做针灸，她全身上下扎了几十针，也不知是疼还是紧张，大汗淋漓，却始终一声不吭，只是紧紧抓着妈妈的手，眼睛看着爸爸妈妈，不哭也不闹。取完针后，赶紧钻进妈妈怀里，抱着妈妈的脖子好久好久都不松手。

可是这些都没用，一次又一次地试，能想到的办法都用尽了，除了哭的时候，江梦南还是没有发出任何的声音。

慢慢地，周围的人都知道了赵长军家的情况，知道他们家那个漂亮可爱的女儿快两岁了都还不会说话。路上遇到了总要问一问，虽然知道大家都是好心、关心，但赵长军和江文革都不愿意多说，随便说上两句就匆忙离开了。女儿的耳朵，就像是一个伤疤，揭一次就痛一次。

单位同事也都知道了。有同事说，能治就要治，可以去北京看看，那里有全国最好的医院。孩子还小，别耽误她一辈子。

他们又动心了。是啊，北京可是国家的首都，医院水平肯定是最高，万一去了真的有转机也说不定！

但问题又来了，前两次去长沙，又是做检查，又是买助听器，家里的积蓄早就花光了，还找亲戚朋友借了不少，欠下了外债。两口子一个月的工资加在一起才四五百块钱，去北京，他们拿什么去？

赵长军又给妹妹写了封信，说了给梦南做语言康复的情况，也说了想去北京试试。很快，收到妹妹的回信。妹妹很支持这样的做法，为了梦南，要多花点精力，什么方法都可以试一下，免得以后遗憾。至于去北京，妹妹也是赞同的，还推荐了当时国内耳科最权威的中国人民解放军三〇一医院（中国人民解放军总医院）和同仁医院。

在信上，妹妹甚至还写了一句话：死马当作活马医。也正是这句看着扎心的话，坚定了赵长军和江文革去北京的想法。

可是，钱呢？

快放寒假的时候，赵长军去找学校领导，迟疑了半天他才开口："还想最后努力一次，带孩子去趟北京。"

领导看着以前神采飞扬的赵长军，如今说话都这么小心翼翼了，沉思了一阵，说："孩子是祖国的未来，你们响应国家号召只生了一个，学校坚决支持。"

那时候，一个偏远山区的学校，财政又能有多宽松呢？每月工资可是会计最头疼的事。可就算如此，在极其困难的情况下，学校还是给了赵长军和江文革最大限度的支持。

放寒假的第二天，赵长军和江文革就带着女儿踏上了北上的列车。一路上，他们沉默地看着窗外，那些迅速后退的风景里，是夫妻俩心中背水一战的希望。

北京，北京

从白天到黑夜，又从黑夜到白天。列车哐当哐当一路向北，摇摇晃晃，把赵长军一家以及他们最后的坚持送到了千里之外。

1994年1月4日，终于到了北京。这是赵长军一家三口第一次出这么远的门，也是他们第一次到这么大的城市。

北风呼啸，正逢北京一年中最冷的时节，气温低到了零下十五摄氏度。幸亏来的时候有准备，每个人都至少带了两件厚棉衣，鼓鼓囊囊装了四五个袋子。

在车站里，他们把能穿的衣服全都往身上套，赵长军把女儿搂在最外面一层的大棉袄里面，一边胳膊上套了一个包裹，江文革提着其余的大包小包，一家三口一头扎进北京的严冬中。

那是他们第一次坐地铁，可谁都没有心情去感受这新鲜的高科技。北京的地铁里总是人山人海，随便挪一下都费劲。想起夏天在长沙公交车上发生的事，赵长军赶紧一手揽着女儿的背，一手抓住女儿的双脚不让她乱动。

赵长军忽然感觉有人在扯他衣服，以为是扒手，连忙扭头四处看，却看到一个坐在座位上的年轻人冲他边招手边说，坐我这来。说罢一边起身就把座位让了出来。他旁边的年轻人也跟着站了起来，对着江文革说，来来来，坐我这。

夫妻俩一愣，这才明白过来，这两个年轻人是看他们抱着孩子又带着这么多东西，在主动给他们让座。这怎么好意思呢，他们摇着头拒绝了。两个年轻人却固执地把他们拉过去坐下。

他们心头一暖，连声说着谢谢，心说，这就是北京啊。

赵长军念着地铁站名，到站下了地铁，住到了妹妹家。休

1994 年 1 月，父母带着江梦南在北京求医期间，因为他们是第一次到北京，江梦南的姑姑带着他们在北京游览，图为江文革和江梦南在石景山游乐园

息了一个晚上后，第二天他们就直奔三〇一医院。妹妹告诉他们，这所医院的姜泗长教授是中国现代耳鼻咽喉科创始人之一，医术相当了得，是毛主席晚年的保健医生，已经八十多岁了，一般不坐诊，但他的弟子顾瑞在三〇一医院，而且就是当时的耳科主任。

花十块钱挂了顾瑞主任的专家号，排了很久的队，好不容易轮到他们了。

一见到包得像粽子一样的一家三口，顾瑞主任就知道，这是外地来北京求医的。赵长军把一叠检查单子和CT片子递给了顾主任，这是他们从莽山、宜章到郴州再到长沙做的所有检

1995年8月，赵长军、江文革带着江梦南第二次来到北京更换助听器设备，正逢江梦南3岁生日，他们一家三口再次来到天安门广场

查资料。顾主任看完后，安排给江梦南做了几个检查。

有的结果当天就可以出来，夫妻俩在那里等着。他们想，如果出来的检查结果和长沙不一样，那就代表着还有希望，他们要第一时间就知道。

顾主任看着这对年轻的夫妻，问："你们是从外地来的吧？"

赵长军赶紧回答了情况，又把这一年多来带着女儿四处求医的经过说了说。

顾主任听完后对他们说："你们下次再来不要挂我的专家号了，直接挂五毛钱的普通号就可以了。"

两人一愣，还没等他们开口，顾主任解释道："这十块钱的挂号费，其中五毛是医院收取的，另外的九块五是给坐诊专家的补贴。你们这九块五毛钱，我是不会收的。"

两口子一听，一股暖意从心中涌上，眼泪都差点流出来了。

有几项检查结果当天出不来，顾主任劝他们不要等了，等结果出来后再来拿。出门时又嘱咐他们，自己三天后还会来坐诊，到时候先挂普通号，再直接来找他。

他们抱着女儿，说了一堆感谢的话才离开。

在妹妹家住下后，坐卧不安的赵长军忽然想到1992年春节联欢晚会上看到的一个节目：一位名叫万选蓉的母亲，凭着坚强的毅力和不懈的坚持，在没有先例、无人指导的情况下，让听力残疾的儿子梁小昆的言语能力得到了全面恢复。在春晚上亮相的万选蓉母子，鼓舞了很多聋哑家庭，让他们看到了一线希望。当时看这个节目赵长军并没有太多的印象，只是在心里暗暗敬佩这位可敬的母亲。女儿的听力出问题后，他自然就想起了这位伟大的母亲，也打听到万选蓉在言语康复界大名鼎鼎，被称为"中国聋儿言语康复第一人"，当时是中国聋儿言语康复中心言语康复部主任，而且就在北京。正好有两天空余时间，赵长军想去拜访一下万选蓉，讨教一些聋儿言语康复的好办法。

第二天一早，赵长军和江文革抱着女儿来到了中国聋儿言语康复中心，很顺利地找到了万选蓉主任。万主任热心接待了他们，也给了这对和她同病相怜的夫妻许多有用的指导。

拜别了万选蓉后，他们似乎受到了感染，心里那颗希望的小火苗燃起来了。

在妹妹家坐卧不安地住了两晚，和顾主任约定的日子到了，他们知道病人肯定多，两口子早早地抱着女儿出了门。

到三〇一医院挂了普通号，拿着挂号单去找顾主任，前台的护士接过来一看，抬起头就说，这不对，不是顾主任的号。

赵长军马上说，是顾主任要我们挂的，说挂普通号来找他。

护士一听，"哦"了一声，没有再说什么，直接带着他们去了顾主任的办公室。

赵长军心想，看样子顾主任经常这么做了，多好的医生啊。

两口子推开门进了办公室，看见顾主任正在为一位军人检查身体，就小声打了个招呼，然后靠着墙站着。

顾主任一看是他们来了，点点头，对那位军人笑了笑，打趣地说，来来来，老伙计，你先让一让吧，我们这来了一位祖国的花朵哟。

军人一听也笑了，说道，祖国的花朵理应优先。他站起身来朝着赵长军他们一家招了招手，笑着走了出去。

赵长军和江文革连连说着谢谢。后来他们才知道，那位因为他们而中断检查的军人，竟然是当时济南军区的一位师长。

顾主任找出江梦南的检查结果，告诉他们，跟之前在长沙湘雅医院检查的差不多，大同小异。

两人都没说话，对于这样的结果，心里也早已有了预料。

看着情绪低落的他们，顾主任继续说，对于极重度神经性耳聋，目前不要说国内，哪怕是全世界也没有什么好的办法可以治好。打针、吃药都不管用。别说治疗，就连改善性的药物都几乎没有，以后不要到处去跑了，气功、针灸什么的，尤其是那些江湖游医千万不要信。

听到"江湖游医"，赵长军试探地问："听说第二炮兵医院那里有个医生，可以治好……"

没等他说完，顾主任就打断了他的话："那些都是骗子，不知道骗了多少人了，我是没时间、没精力去揭穿他们。你们不要去，那就是骗钱的。"

最后，顾主任还是象征性地开了点药，都是些调理小孩身体的常见药物，价格也便宜。

两口子抱着女儿要出门时，顾主任语重心长地说："可怜天下父母心啊，你们真的不要去别的地方了，检查摆在这里，去哪都一样。"像是为了安慰他们，"当然了，你们还是要好好注意孩子身体，不要感冒了，尽量保护好她残余的听力，也许以后有一天，医学进步了，孩子还有恢复听力的希望。"

赵长军和江文革强打起精神，说了好几句谢谢。

默默走出三〇一医院后，他们竟然鬼使神差一般，到了第二炮兵医院附近。还没走近，就看到医院旁边搭着一个简易的棚子，摆了几张桌子，两个穿着白大褂医生模样的人，正对着来来往往进出医院的人吆喝着："来看看，来看看，专治疑难杂症……"

有了顾主任的提醒，赵长军一听，总觉得那两人的叫声里透着"生意来了"的意味。夫妻俩对视苦笑了一下，正准备转身走，其中一个人就跑了过来，热情地拉着他们就往棚子拽。

赵长军赶紧说："我们下午再来，病历本什么的都没带，下午再来……"说完冲江文革使了个眼神，两人快步走开了。

想起寒冬腊月千里迢迢来到北京，想起顾主任说的话，赵长军和江文革心里不由得充满了沮丧。

对于治疗，他们已经不抱希望了，但闲暇的时候，他们总会想一个问题：女儿现在听不见，到底是什么原因导致的？是那次长达二十几天反复发的高烧，是高烧时吃了不该吃的药，还是在乡下吊水打针时用药剂量过大？

其实在湘雅医院的时候，他们甚至怀疑过是不是自己基因出了问题，为此一家三口还特意去遗传研究中心做了基因检查，也请教了相关专家，结果一切都是正常。那么，女儿听力严重损失究竟是什么原因导致的呢？学医的妹妹猜测过，有可能是当时打针吃药出了问题，但毕竟只是猜测，不把问题搞清楚，心里总是憋得慌。

带着这个疑问和隐约留存的一丝丝希望，他们又去了北京同仁医院咨询。

看完他们之前的那些检查结果，同仁医院的医生也给出了和其他医院相同的答案。治，肯定是没什么希望，至少在当时是这样。而要查清致病原因，那也要经过一系列复杂检查才能下结论。

有医生告诉他们，中日友好医院有位叫诸小农的教授在耳科方面有自己的独特见解，可以再去他那里看看。

从同仁医院出来后，赵长军一家马上就去了中日友好医院，挂了诸教授的号。

诸教授为江梦南做了几项检查后，问了情况，看着寒冬腊月里千里迢迢从外地来到北京的他们，也不禁为他们不屈不挠的父母亲情感动。他认真又感性地建议，不要再到处走了，也没什么意义。至于到底是什么原因导致，他需要找人来一起会诊。

有些结果要等两个小时出来，诸教授让他们先别走，然后拿起电话开始联系各方面的专家。

两个多小时的时间里，赵长军和江文革一直在默默地等着。

专家会诊结束后，诸教授告诉他们，根据所有的检测来看，应该是药物中毒引起的极重度神经性耳聋。是什么时候、在哪个医院出的问题，因为江梦南发烧初期她的奶奶一直带着她在当地赤脚医生那里治疗，村里诊所没有病历本，也没有其他证明，所以这个问题已经无从查证了。

看着沉默的夫妻俩，诸教授叹叹气，说："其实现在抓着这个问题不放已经没有什么含义了。追不追究、追究谁的责任几乎无从查起，难度极大，但意义不大。"

赵长军和江文革心里在滴血。不管是谁的责任，是用了什么药、打了什么针导致现在这个结果，他们也不想去追究了。追究了又能怎样，女儿的听力能好起来吗？

诸教授想了想，跟他们说，至于这次会诊，来的专家、医生里有的是他的同事，有的是他的朋友，就都不收费了。最后，他爽朗地笑着说："只需去挂个五块钱的号，那个毕竟是医院的规矩嘛。"

两口子都吃了一惊。之前在顾主任那里享受过这样的"优待"，但那只是一个人，而这次，来了这么多专家，好像还有几位是放下手头的事特意赶过来参加会诊，都不收钱，那怎么说得过去。

但，如果真是按照平时他们组织专家会诊的标准，那又会是多少钱呢？

赵长军正要开口，诸教授抬起手打断了他要讲的话。

"你们也不容易，回去多照顾好小朋友。"

千恩万谢也讲不出心里的感激，只能是深深地给诸教授鞠了个躬。虽说大恩不言谢，但如果不表达谢意，心里那种无能为力的局促与不安将更加笼罩着赵长军和江文革，与之一路相随的还有求医过程中所遇到的那些善良也时刻温暖着他们。

天安门的"福气"

　　告别诸教授，赵长军和江文革抱着女儿在繁华的北京漫无目的地走着。

　　从到长沙，再到北京，一次次燃起希望，又一次次被无情的现实碾得粉碎。回想过往种种，赵长军的心里一种"悲壮"感油然而生。

　　走着走着，赵长军忽然对妻子说："走，我们带南南去登天安门。"

　　天安门是国家的象征之一，自从1988年1月1日对外开放以来，就有大量游客登上城楼，圆了心中的梦想。赵长军在莽山时就曾想过，如果有朝一日去了北京，一定要去天安门，最好登上天安门城楼看看，感受一下站在城楼上到底是什么心情。这一次到北京了，前几天一直在各个医院之间奔波，心力交瘁，没时间，也没心情，现在所有的希望都已经破灭，只能回家了。

　　既然一切都是最坏的结果，灰心绝望的赵长军心里，反而比前段时间轻松一些了。心里的石头终于落了地，虽然被砸了个正着。

那么，回家之前就去看看天安门吧。

况且，以女儿现在的情况，以后可能就是一个普普通通的聋哑女孩，也会过得比正常人更辛苦，估计没有机会再到北京来了吧。

心情沉重的江文革也同意了。她没有丈夫那样的想法，却有着自己的心思：好多朝代都在北京定都，这里就是块福地，天安门呢，更是福地中的福地，去沾沾福气也是好的。

来到天安门，只见等着登上城楼的游客正排起了长队。成人十元钱一张的门票，对当时的赵长军和江文革来说无疑是一笔了不得的开支。没有迟疑，赵长军毫不犹豫地掏出二十元钱买了两张票。

来天安门参观的游客很多，但现场比较安静，井然有序，并不像别的旅游景点那样人声嘈杂。所有人脸上都是庄重中带着兴奋，急切地等待着登上这座国人从小就已经在书本里无比熟悉的城楼。

轮到赵长军他们了。一家三口第一次驻足在了天安门城楼上。

江文革抱着女儿四处打量着。福气啊福气，不需要太多，能沾上一点就心满意足了。

赵长军凭栏远眺，一时间心绪如潮。喜欢看书的他对这座承载着中华人民共和国辉煌的城楼相当熟悉，它的历史、它的意义，他了如指掌。如果是在以前，他一定会给妻子讲得眉飞色舞，但此时此刻的他，只是静静地站在那里看着远方。

那一刻他想了很多。

这里是明清两代北京皇城的正门，最初叫"承天门"，到了清朝顺治年间才改为"天安门"。在此之前，北京曾作为好几个封建王朝的都城，在历史上有着极其重要的地位。

赵长军想到，这里曾经是多么的至高无上，一个个朝代覆灭后，一个个朝代又起来了，历史和时间是最公正的旁观者，看着世事如局人如棋，沧海桑田幻古今。多少风流总被雨打风吹去，只有北京依旧，天安门依旧。

站在这天安门城楼望去，眼前就是北京，再远一点，似乎可以看到全中国。他忽然想，全中国这么大，自己一家实在是太渺小了。这一眼看过去，是那么大的范围；这一眼看过去，肯定还有着无数人同样在上演着他们的悲欢离合。

自己一家的遭遇，又算得了什么呢？

想到这里，赵长军豁然开朗了。

每个人、每个家庭都有自己的故事，自己一家的事，实在是算不了什么，起码女儿除了听不见，身体还算健康，白白胖胖，敦敦实实，长得又那么可爱，比起那些有着悲惨遭遇的家庭，也勉强可以算得上是不幸中之大幸了吧。

赵长军从妻子手中接过女儿抱在怀里，看着女儿转着小脑袋四处东张西望，他心里忽然一痛，心说："南南啊，明天我们就要回莽山了，这或许就是你这辈子最'荣耀'的时刻了，你到了天安门，还登上了天安门城楼。多看几眼吧，可能以后也没机会来了。"

一家三口领了登天安门城楼的证书，又在广场上照了张合影来纪念这于他们家而言是历史性的一刻。

回到妹妹家，天色已经黑了下来。房子里静悄悄的，赵长军知道妹妹和妹夫工作都忙，这会儿还在加班。

清理好第二天回湖南的行李，夫妻俩就坐在客厅的沙发上，默默地各自想着心事。江梦南已经学会走路了，手里拿着魔方球，安安静静地扶着沙发凳转圈。这个色彩鲜艳的魔方球，是在湘雅医院检查时那个年轻的女医生送给她的，小小的江梦南似乎特别喜欢，走到哪都要带着。

突然，只听得"咚"的一声响，然后传出有什么东西在地板上滚动的声音。赵长军和江文革这才从沉思中回过神来，扭头循声看过去，才发现是女儿手里的魔方球掉地上滚走了。

他们谁也没有起身。女儿已经快一岁半了，已经学会了走路，掉在地上的东西也能自己捡了。

江文革柔声喊着："南南，去捡起来。"

江梦南并没有像往常一样弯腰去捡，而是看着妈妈，用手指着沙发下面，意思是让妈妈帮忙捡。

江文革又喊了一声："南南，自己去捡起来。"可小梦南

这种魔方球是一种益智类玩具，当年江梦南手中拿着一个这种类型的魔方球掉落在地，由于自己捡不到，心里着急，这促使她第一次主动发出声音向父母求助

却还是看着她，用手指着地上。江文革觉得奇怪，女儿一向都乖巧，怎么这次就不听话了，非得要自己去帮她捡呢。

江梦南自己捡不到魔方球，又看到爸爸妈妈似乎都不帮她捡，有点急了，伸出小脚在地上蹬了一下，手伸得直直的，指着沙发下面。又等了一会，还是没人来帮她捡球，突然"啊"的一声叫了出来。

赵长军和江文革同时一惊，对视了一眼，猛地从沙发上弹了起来，吃惊地看着女儿，满脸的不可思议，像是听到了世界上最不可能的事。

"刚刚……你听见了吗？"赵长军问江文革。江文革迟疑了一下，不知道怎么回答。是幻听吗？应该不是，丈夫这么问肯定也是听到了声音。再向女儿望去，还是用手指着地下，默默地看着他们，只是小脸上明显看得出有些不高兴了。

"啊——"小梦南是真着急了，又叫出了声，声音里还带着一丝急躁和委屈。

赵长军和江文革同时起身，快步走了过去。原来，魔方球滚到了沙发凳底下去了，难怪女儿自己捡不到。

赵长军兴奋地弯腰帮女儿把球捡了起来给她，江文革把女儿抱起。此时，两口子的脸上都笑成了一朵花。

"南南，刚刚你在喊什么？"赵长军满脸堆笑地问。

江梦南抬头看着眼前的爸爸妈妈，嘴唇微微闭着，没有发出任何声音来。

赵长军继续问着，江文革也在一旁轻声地引导着。可小梦南又是像以前那样，只是安静地看着他们。

赵长军心里一动，也学着女儿的样子，用手指着地上，喉咙里发出"啊"的声音。"啊"了好几声之后，江梦南或许是觉得有趣，用小手抓着魔方球，放到爸爸面前，"啊"的一声叫了出来。

像是听到了世界上最美妙的声音，又像是看到了全天下最珍贵的宝贝，两口子只觉得心里的激动和狂喜快要溢出来了。

1995 年 8 月，赵长军、江文革带着女儿第二次来到北京求医期间，在公园游玩

赵长军稍稍平复了一下心中的情绪，继续"啊""啊"地逗着。小梦南呢，可能是觉得自己"啊"一下，爸爸妈妈就高兴，也张开小嘴"啊""啊"地回应着。

江文革擦了擦红了的眼睛，也加入了父女俩"啊"的行列中。小梦南更高兴了，"啊""啊""啊"地叫个不停。

一时间，客厅里回荡着一家三口此起彼伏的"啊"声和笑声。这一年多以来的伤心、沮丧、无助、绝望在一声声欢快的"啊"里被抛到九霄云外了。

这天晚上，赵长军和江文革心里充满着无法用言语形容的喜悦。他们不知疲倦地逗着女儿，一遍遍地教女儿喊"爸爸""妈妈"。虽然女儿怎么也发不准这两个词的音，"哈哈""哇哇"乱飞，但他们还是始终兴奋着、激动着。女儿嘴里能发出声音来，他们就已经感到莫大的满足了。

一直到凌晨两点，小梦南眼皮打架了，实在不愿意跟爸爸妈妈玩这种"游戏"了，眼睛一眯就进入了梦乡。夫妻俩却睡不着，江文革想起了白天去天安门"沾福气"的事，跟丈夫一说，赵长军乐呵呵地回答，百年的古树都能成精呢，天安门见证了北京乃至我们国家的兴衰荣辱，历史积淀深厚凝重，肯定是具有其独特的灵性。

夫妻俩小声地聊着天，憧憬着未来女儿能开口说话的那一天。这晚，他们迟迟难以入眠，连什么时候睡着的都不知道。

第二天，告别妹妹一家，赵长军和江文革带着女儿登上了回家的火车。一路南行，已完全不是来时的心境。火车跨越黄河时，赵长军想起北上时见到黄河，惆怅满怀，心里想到的是"黄河断流"，想到的是历史上黄河几次决口，而这一次，竟心情轻快地想到春潮来临波涛翻滚、气势如虹的壮观。

车到岳阳过洞庭湖，赵长军想，当年范文正公为岳阳楼写了千古名篇《岳阳楼记》，其中的一句"不以物喜，不以己悲"，自己无论如何也无法做到吧。

"感动中国"
2021年度人物
江梦南

ZHUIMENG TIANSHI
JIANG MENGNAN

第三章

于无声处突围

铁树也能开花？

哪怕只是发了一个简单的音出来，赵长军和江文革也欣喜若狂。这就证明他们这几个月来的方法奏效了。女儿能发一个音，那就能发两个音、三个音，只要他们坚持下去，女儿一定会像其他孩子一样，说出一句句完整的话来。

他们坚信这一点。从北京回来后，他们彻底断了治好女儿耳朵的想法——至少，在现有的医疗技术条件下，这简直就是不切实际的空想。

但，真要让女儿变得跟正常人一样开口说话，难度又是多大啊！毕竟，那可是极重度神经性耳聋！

在学校教过数学的赵长军，遇到了这辈子最难解但必须要解开的难题。但他相信，世界上怕就怕"认真"二字，一遍一遍，一天一天，一月一月，一年一年，总会有拨云见日的那一刻。

有几年，江文革在莽山林管局子弟学校当图书管理员，一屋子曾经杂乱无章的书籍经她整理后，分门别类归置，整个图书室井然有序。她最不缺的，就是耐心。她的普通话也说得比丈夫好，教女儿说话的重担她挑起了一大半。

江文革摸索出一套教女儿唇语的方法。她决定教江梦南学习发音和唇语，而不是手语。她买回来几张挂画，挂在家里最显眼的地方，有动植物、生活用具、交通工具……小梦南很快就被花花绿绿的画吸引住了。

每幅图案下面都标着名称，江梦南最初的学习，就是从认这些字开始的。家里的镜子是课堂，也是黑板。两口子轮流抱着女儿，对着镜子教。

怎么教呢？先是让江梦南记住图案下面的一个字，再抱着她一起对着镜子重复念这个字，做出一致的口型。在镜子里面，江梦南既可以看到妈妈的口型，也可以看到自己的口型。不到两岁的江梦南就已经很懂事了，自从在北京的姑姑家里自己发出声音让爸爸妈妈那么高兴后，她似乎知道了，只要自己喉咙里动一动，嘴巴像爸爸妈妈一样地张开，爸爸妈妈就会很高兴，会向她竖起大拇指，会轻轻亲她的脸，所以也是很愿意配合这样的"游戏"。

可一个简单的口型，对生活在无声世界里的小小的江梦南来说，意味着可以发出无数种声调来。

她一个一个地试，赵长军和江文革一次一次地纠正。这个不对，那就换一换；还是不对，就再换一种。

练得累了，江梦南喉咙不想动了，嘴巴也不愿意张开了，还会沉着小脸，用小脚踩地板，嘟起嘴巴，表达自己的不高兴。

欲速则不达。赵长军和江文革都知道这个道理。休息了一会，又开始练。可江梦南还没从之前的情绪中缓过来，紧闭着嘴唇就是不想练，夫妻俩也只能哄着。把女儿哄高兴了，就拿起她的手贴在自己的喉咙上。摸到爸爸妈妈的喉咙动了，江梦南就明白，"游戏"又要开始了。

"铁树都能开花，不着急，我们慢慢来。"赵长军安慰着妻子，也是在给自己打气。

"啊""哈""哇"……一次次地教，一次次地纠正。有时候江梦南已经发出一个很接近这个字的音了，但下一次开口却又离正确发音很远。如果把教一个字的过程比作一次长跑，通常是马上就要到终点了，却忽然拐了个弯，跑到了别的方向。等下一次快要跑到终点时，可能是直接跨过，更多的时候则是又转向别处。

赵长军说，最开始教女儿认字发音，靠的是坚持，同时也是靠运气。

一个简单的字，往往要花上许多遍才能让江梦南发出正确的音来。多少遍呢？一百遍？一千遍？还是一万遍？谁也不记得了，也无从统计。

只要女儿把音发准了，赵长军和江文革就激动得直拍手。小梦南一看爸爸妈妈这么高兴，知道这次自己的喉咙动得对，就一直发着这个音。再指着画上的那个字，江梦南记住了，就

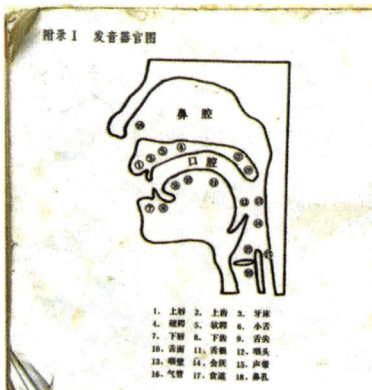

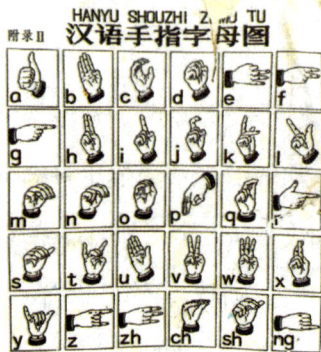

赵长军和江文革通过翻阅一些书籍资料，摸索声带发音的原理

是刚刚发的这个音，张开小嘴又把字念一次。反反复复过后，这才算把一个字学会了。

慢慢地，江梦南记住的字越来越多了。随手往挂画上一指，还没等爸爸妈妈开口，她就抢先说了出来。

直到有一天，赵长军和江文革猛然发现，女儿叫起"爸爸""妈妈"来，吐字一点也不含糊，竟然是那样的清晰！他们天天关注着女儿的发音，却都不记得是从什么时候开始，女儿能够咬字清晰地喊出"爸爸""妈妈"。

在那段灰暗的日子里，他们曾无数次幻想过女儿开口发出声音的情景，却偏偏不如愿。有时候走在外面看到那些撒欢的小狗，主人一叫它就会摇着尾巴回头，还有村里那些犁田的老黄牛，听到主人挥舞鞭子的声音也会加快前进的脚步，而自己的女儿，哪怕是在她耳边叫上半天都没反应，他们觉得上天是多么的不公！而如今，在一天天的努力下，女儿给了他们越来越多的惊喜。

多年后，赵长军对前来采访的记者说，一个字练一千遍、一万遍，只要嘴唇形成了肌肉记忆，梦南就不会忘。他说得越云淡风轻，越显出那段过程的曲折和艰难。

每教对一个字的读音，背后都是无数次枯燥的、重复的练习。而且，有些字光看嘴型，是差不多的，有的甚至是一样的，比如"花"和"瓜"，江梦南学了很久，却始终不能正确地发出音来。江文革苦恼了好几天，自己有事没事也念着这两个字。一次不经意间，她发现说"花"字的时候，嘴里会带出一股气流，而说"瓜"字的时候气流则很微弱。她一下子兴奋起来，拿起女儿的手轮流放到自己和她的嘴边，让她感受发不同的字音时气流大小的变化和细微的差异，她不断地念着"花""花""花"……江梦南跟着念了几次，最后嘴里终于带出了同样的气流，江文革赶紧伸出了大拇指。

"花""花""花"，江梦南记住了这个发音，一遍遍地念着。不知道多少遍之后，她终于能够熟练地发对"花"的读音。再学"瓜"字时，因为有前面的经验，她没念几遍就念对了。

江文革激动地抱起女儿亲了又亲。她难以想象女儿是怎么明白她的意思，又是怎么把这两个难以区分的音发出来的。江梦南睁着大眼睛看着激动万分的妈妈，还不理解发生了什么事。

懵懵懂懂的小梦南，似乎一下子就明白了用"辨别嘴里气流"

的方式学习发音。很多口型相似的字，她就是靠着这个办法来区分。

若干年后，当上大学的江梦南假期回家时，赵长军和江文革都还会故意在她面前做着"哈哈""哇哇"的口型。江梦南知道，这是爸爸妈妈在笑她当年发不准"花"和"瓜"的音了。一家人就会默契地相视一笑，享受着这只有他们三个人才知晓的小秘密。

虽然学唇语很难，但熟能生巧，江梦南逐渐掌握了规律。可学习唇语并不是一劳永逸的，一百个人就有一百种唇语方式，每当江梦南认识一个新的小朋友时，她又需要花不少的时间来熟悉这个小朋友的口型，然后才能较快地明白对方要表达的意思。

慢慢地，江梦南对看唇语越来越熟练，赵长军和江文革就开始教女儿学会发更复杂的音。要发出更复杂的音，就必须保证舌头的灵活。为了让女儿的舌头更灵活，赵长军和江文革绞尽脑汁想了很多办法。

他们对着女儿做鬼脸，还不断地伸出舌头，发出"略略略"的声音。江梦南被逗得"咯咯"地笑，指着挂画上的小狗说"小狗"，指着苹果说"苹果"。他们笑着竖个大拇指，又指了指自己的舌头，江梦南一下就明白了，也学着爸爸妈妈不断地吐着舌头，很快就能灵活地搅动自己的舌头了。

看到外面的小朋友嚼着泡泡糖，吐出大大的泡泡，江梦南

在父母无微不至的关怀下，江梦南的童年
充满了阳光。父母也很注意用照片来记录她的
成长，为她定格生活中的点滴瞬间

也想跟他们一样吹泡泡。赵长军心里一动：这也是锻炼舌头的好办法，于是小跑着去买了一盒回来教女儿吹泡泡。江梦南高兴得直跳，学着爸爸的样子，舌头把嚼化的泡泡糖抵在微微张开的上下颚的牙齿间，再往前一顶，舌头就像是穿了一层透明衣服一样伸了出来。可最后往泡泡糖里吹气的时候就犯难了，怎么也吹不起泡泡。她眼睛都不眨地盯着爸爸是怎么吹的，看了半天，嚼了好几颗泡泡糖后，最后终于学会了。等嚼完一盒泡泡糖，江梦南已经能吹出各种花样的泡泡了，惹得其他小朋友羡慕不已。

赵长军心里也高兴，又去买了几盒泡泡糖。女儿喜欢嚼，又能锻炼舌头，这是好事。

坚持了半年的训练，让江梦南学会了更多的字，发对了更多的音。赵长军和江文革满心欢喜，却也暗暗心急，这样的办法虽说有效，但实在太慢，有时候甚至一天只能学会一个字的发音。

这年放暑假后，江文革想起来去长沙时到过的湖南省聋儿康复中心。自己能摸索出来办法，想必人家机构更会有独到之处。心思一起，她按捺不住了，带着女儿又去了长沙。

来到康复中心，一番咨询、交流后，那里的工作人员被江文革一家的坚持感动了，一连说了几个"不容易"，也佩服他们的了不起。江文革也听了不少新鲜事，受益匪浅。

当时康复中心正好利用假期开了一个特教老师培训班，江

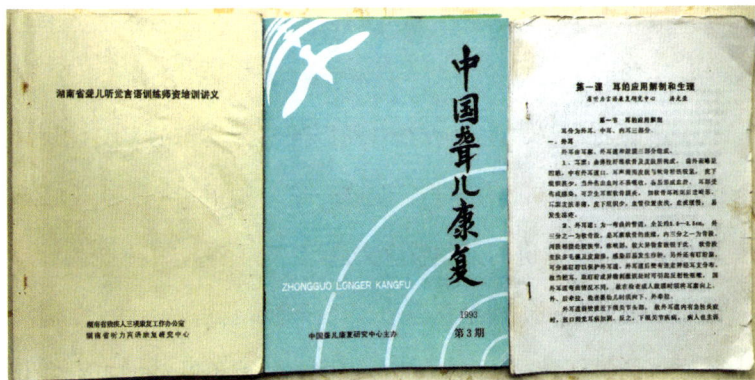

江文革当年学习使用过的一些关于聋儿言语康复训练方面的书籍、资料至今依然保存完好

文革试着听了一下，立刻就被吸引住了。台上老师讲的并非训练聋儿言语康复的具体办法，而是一些原理，可就是这些看似简单的原理，有不少是江文革在和女儿相处以及教女儿认字的过程中忽略掉的，甚至是不曾意识到的。哲学上世界观和方法论的关系，江文革读书时就背得滚瓜烂熟了，但在那一刻仿佛醍醐灌顶，她似乎才真正理解。

江文革越往下听越喜出望外：这次来对了。一节课听完后，她兴冲冲地跑出去问怎么参加这个培训班，工作人员却面有难色地告诉她，这一次培训只针对专门的特教老师，她不在此列。

江文革不禁黯然。想了想，继续问，可以自费参加吗？

可以。

想起家里的经济状况，江文革犹豫了几秒钟，最终还是咬咬牙，报名参加了培训班，成了班上唯一一个自费参加的非特教专业的学员。

一边看着讲义，一边听着老师授课，江文革似乎又回到了当年参加升学考试前的日子。但这一次，她更用心，更迫切地想把书里的、老师讲的全部学进去。

江梦南规规矩矩地坐在旁边，安静地看着妈妈上课、学习。江文革一旦学到什么好方法、新方法，就迫不及待地拉着女儿试一试。

结业时，江文革拿到了康复中心颁发的证书，从此有了特教资格。而她的学生，这辈子就只有一个。

找到一把"金钥匙"

有了科学、系统的特教知识，江梦南学字发音的情况得到了一定的改善。但和正常儿童的言语能力相比，还是相差甚远。赵长军有时也会笑着对女儿开玩笑：你啊，就是个小小外星人。

家里的挂画撤下一批又马上挂上新的。这一天，江文革看着墙上的儿童拼音挂画突然想，如果教会女儿拼音了，那认字的问题岂不是迎刃而解？他们就不用再一遍遍地教某一个字的读音了，女儿也不需要连猜带蒙无数遍才能读出正确的发音了！她把想法跟丈夫一说，赵长军一听也是双眼放光，觉得可行。

对，就这么办！

办法确定了，但江文革和赵长军冷静下来一想，心里也有点发怵。汉语拼音共有 63 个，其中包含 23 个声母，24 个韵母，整体认读音节 16 个。24 个韵母中，又分单韵母 6 个，复韵母 9 个，前鼻韵母 5 个，后鼻韵母 4 个……

刚刚才满两岁的女儿，能记得住这么多吗？他们的心里

江梦南学习"a""o""e""i""u""ü"发音的时候，使用过的学习资料

没底。

但转念一想，再难也就是 63 个拼音，如果一天教会一个，两个月过后就全掌握了，而且这可是一劳永逸的办法，比起一个字一个字地教，那又不知可省下多少力气，少走多少弯路。

江梦南就这样开始了拼音的学习，跟同龄儿童比起来，她学拼音的确是走到前面去了。

比起方方正正的汉字，这些弯弯扭扭的字母在江梦南面前就显得更可爱了。"游戏"还是那个"游戏"，只是内容变了，她倒是觉得新鲜。

江文革从简单易教也易学的单韵母开始入手，同样是一遍遍地反复念着"a""o""e""i""u""ü"，她做着足够夸张也足够明显的口型，江梦南觉得有趣，学起来也挺快。

父母通过一些生动有趣的图案，
来训练江梦南学习发音口型

　　单韵母学会了，再教复韵母，接下来就是前鼻韵母。虽然有点磕磕碰碰，但不断学、不断巩固的过程中，江梦南最终还是掌握了。

　　可到了教后鼻韵母的时候，看着妈妈的嘴型，江梦南有些迷糊了，这跟之前学的（前鼻韵母）不是一样的吗？可为什么挂画上又显示不一样，后面还多了个小尾巴"g"。学着妈妈的口型，她一张嘴就发出了前鼻韵母的音。江文革知道前后鼻音难以区分，便耐下心来纠正着，把女儿的手放在自己的鼻子上，让她感受鼻腔的震动。又指着发音原理图上舌头和鼻子的位置，张开嘴，演示舌头后移，舌根抬起顶住上颚，这样声音就只能通过鼻腔发出来了。江梦南看了又看，自己的小舌头也在嘴里不断晃来晃去，可试了很多次，就是学不会怎么通过鼻子把后鼻韵母读出来。

这样教了几天，江文革也没招了。学习路上碰到了拦路虎，那就先不管，绕一绕路，继续学声母吧。

简单的声母，对其他孩子来说，嘴一张就能轻易读出来，可小梦南学起来也费了一番周折。像"b、p、m、f""g、k、h""d、t"，有了之前学"瓜"和"花"的经验，辨别嘴里出来的气流强弱可以学会，"j、q、x"这三个难度就更大一些，嘴型一样，气流大小也差不多，教了半天也不得要领。江文革指着"j"，又指着挂画上的小鸡图案，江梦南明白过来了，原来是这个发音；之前学会了汉字"东南西北"，"x"就是"西"音。三个难读的学会了两个，剩下的"q"跟"气"发音接近，试了多遍，也终于学会了。

小时候的江梦南古灵精怪

"n""l"两个声母，"l"还好，但"n"又涉及鼻腔发音，江梦南学得可辛苦了。也幸亏才两个，最后终于还是掌握了。

教16个整体认读音节时，江文革又经历了一次"折磨"。尤其是平舌音和翘舌音，平舌音还好，江梦南学得很顺利，可翘舌音却怎么也发不出来。平翘舌音的关键在于舌尖，发翘舌音的时候，舌尖要翘起并且后缩，触及或靠近上颚前部，江文革张嘴演示了无数遍，结果还是和教后鼻音一样，女儿就是学不来。

赵长军在一旁看着，有时候也会上阵，但他的发音和江文革一比还是逊色不少。江文革笑着把他推开了，这简直就是"捣乱"啊，可别把女儿好不容易才学会的又"带偏"了。

为了激发女儿学拼音的兴趣，他们买了很多拼音小积木、小卡片，吃完饭了，或者休息的时候，就拿出一个积木给女儿认，过一会又抽出一张小卡片。女儿眼中的玩具，也就是他们的教具。

两个多月后，江梦南学会了绝大部分的拼音，就只有后鼻音和翘舌音硬是学不到位。偶尔也会发出正确的音来，可再一试，又走样了。

两口子实在是没办法了，有力无处使，恨不得钻到女儿脑子里教她。

"学不好就学不好吧。"赵长军安慰着母女俩。他知道，很多地方的方言受古汉语影响，一般是没有舌音的。女儿能把拼音学到这个程度，已经难能可贵，再去强求她全部正确掌握，当年这本《聋幼儿听力语言训练教材》是江梦南家里使用频率最高的书本，以至于书的封面早已经翻烂，母亲江文革细心地用针线把这本教材手工装订好

可真是有点吹毛求疵了。

江文革一想，是这个道理，也就释然了。

而江梦南的发音，自此就保留了这个"特点"，前后鼻音不分，平翘舌音也不论，读出什么就是什么。直到在吉林大学读研究生毕业时左耳置入了人工耳蜗，这个情况才慢慢得到了改善。也是在自己能听出这几种音的区别后，她更加意识到，当年爸爸妈妈的付出有多艰辛。

事实证明，掌握拼音，成了江梦南可以发准每一个字音的

"金钥匙"。以前学一个字的发音，说到底运气的成分较大，一个字的口型背后是无数个有着细微变化的音节，要从这无数种可能里发出那个正确的读音，让口腔形成肌肉记忆，何其渺茫，又何其艰难。

拼音这把"金钥匙"，打开了江梦南通往清晰说话的大门。

先读一个声母，再读一个韵母，两个一碰，就是这个字的正确读音了。单独地读声母或者韵母，江梦南没一点问题，但就是这么"一碰"，哪怕妈妈的口音再夸张、再清楚，可她"碰"出来的就变得稀奇古怪了。

江文革一点也不气馁。

最简单的"哈"，一遍遍地"h""h""h"，"a""a""a"，江梦南读得都有点不耐烦了，江文革最后脖子向前一伸，"哈"了出来。江梦南似乎领会了意图，"h""a""ha""哈"，"哈"了几下，恍然大悟——啊，这就是拼音的规律！

再教声调，结合之前学过的字，四个声调学起来也不难。

掌握了规律，江梦南学起来更快了。一个字的读音，可以准确地读出来，不用像以前那样一个个地试了。像"去""玉"这样的口型一样、气流接近的字，之前怎么读总发不准，有了拼音，这些问题都难不倒她了。

赵长军和江文革带着女儿出去散步时，就慢慢地教她更多的词，更多的话。江梦南听不懂，就伸出小手来，让爸爸妈妈在她手心里写拼音，标声调，她再一个个地拼，一个个地读，一些简单的词和简短的话就这样学会了。

到两岁时，江梦南的言语能力已经和同龄儿童相差不远了。

随着学的词和话越来越多，江梦南竟然喜欢上了讲故事。以前是爸爸妈妈一个字一个字地讲给她听,《小猫钓鱼》《拔萝卜》等，连比画带说，她也能听懂个大概。自己会说那么多话了，她也学着讲，有时候是把爸爸妈妈讲给她听的故事再讲一遍，有的还是她自己编出来的。

她真是太喜欢讲故事了，尤其是看着爸爸妈妈和外婆被她逗得哈哈大笑，心里别提有多得意了。爸爸妈妈上班后，她就跟外婆一起，外婆腿脚不好，小小的她格外懂事，成了外婆的拐杖，牵着颤颤巍巍的外婆出去晒太阳，给外婆讲故事。外婆渴了，她踮起脚尖去把水端来；外婆刚坐下，她就马上转到身后去，像个小大人一样给外婆捶捶背。

再到北京

赵长军和江文革在教女儿认字的同时，更关心女儿的发音。发音的关键在于舌头，舌头的灵活性至关重要。女儿喜欢嚼泡泡糖吹泡泡，嚼完了一盒又一盒，一开始他们觉得没什么，心想着反正又没把泡泡糖吞进去，嚼着嚼着就吐了。可时间长了，问题就来了。

江梦南两岁多的时候，忽然患上了中耳炎。带到医院检查时医生问起，才知道是泡泡糖惹的祸。这下情况糟糕了，治疗中耳炎就要用到消炎药，而小梦南的听力问题就是因为药物中毒而引起的，再用消炎药无疑是雪上加霜。宜章、郴州的医院没把握，为了慎重起见，赵长军和江文革筹了钱，带着女儿去了长沙，好不容易才把中耳炎治好。

可没过多久，到了1994年的冬天，江梦南突然经常头晕，而且过一两天就会头晕一次。开始以为是感冒，可次数多了，赵长军和江文革就发现不对劲了。去县里、市里的医院检查了好几次，结论是之前的中耳炎没有根治。

这样的情况差不多持续了半年，他们一天比一天着急，却没有办法可想。两口子都要上班，平时根本就没时间，那一年正是国家实行周末双休的前一年，一周仅休息一天，他们哪也去不了。言语康复的训练也从没间断，看到女儿头晕还强忍着跟他们练习说话，他们心里难受得想哭。

懂事的女儿啊，怎么就这么命苦呢？

1995 年，学校快要放暑假时，江梦南的助听器刚好也要更换型号了，他们下定决心再去一次北京。

决心很容易下，但为难的是钱从哪里来。这一年来为了女儿的治疗，他们在宜章、郴州、长沙、北京四处奔波，花光了积蓄不说，还负债累累，平日里靠着工资生活已是入不敷出。更何况，学校财政紧张，已经有半年没发出工资了，连一家的生活费都成了问题。

但女儿的病情耽搁不起。两口子只能又一次放下所谓的知识分子的"清高"，向亲戚朋友开了口。他们家的事，大家都是知道的，也曾有不少人私下里劝过，说他们这样的情况，政策上是允许再生一个的。可无论是赵长军还是江文革，在这件事上的态度始终是一致的：坚决不会再生。女儿懂事、可爱，虽然听力有缺陷，但始终都是他们的心头肉，如果再生一个，势必就要分散精力照顾另一个。女儿小小年纪就受此磨难，已是不幸，如果再不能得到他们全心全意的照顾，那这辈子可就真的毁了。这一年多来，他们想尽了一切办法，付出了所有精力，终于让女儿学会了开口说话，让他们庆幸，也更加确信自己的选择是对的。

等到放暑假时，钱终于筹得差不多了，一家三口又一次来到了北京。

有了上一次的经历，这回他们不像之前那样手足无措了。很快，在北京同仁医院，江梦南的中耳炎总算治好了。

女儿的病好了，时间也很宽裕，他们又去了"福地"天安门。只是，为了省下一张门票钱，这一次赵长军没有登上城楼。这是他一年多来难得轻松的一刻，看着母女俩在天安门城楼上到处"沾福气"的样子，他的心里那一瞬间充满了平安喜乐。

故地重游后，赵长军和江文革又去拜访了故人——中国聋儿康复中心言语康复部主任万选蓉。

在那里，他们看到了很多跟女儿有着相同遭遇的孩子。这些孩子已经在康复中心训练了两三年，但大多只能有意识地发音，讲出简短的词汇和对话。在门诊大厅，他们看到了许多来

1995 年 8 月 13 日，为了节省一个人的购票费用，这次由江文革带着江梦南登上了天安门城楼

1997年暑假，赵长军带着女儿江梦南到北京对耳朵进行每年的定期检查。他们每次来到北京都会去天安门广场参观

自全国各地的聋儿家长，大多面带奔波风尘，一脸忧心。看着这群为了孩子有朝一日能正常开口说话的父母亲们，赵长军和江文革油然生出一种感同身受的悲悯和心疼。

他们和女儿说着话走进了这群人里。这一家三口，显得那么不起眼，却又令人无比羡慕。但当得知他们竟然也是带着孩子去看病时，有人震惊了——明明可以自然地、流畅地交流，你们还来看什么病呢？没人相信。

当赵长军说出女儿是极重度神经性耳聋时，更加没人愿意相信了。直到再三确认，周围的人这才信了。随即就有人围上来问：用的什么方法？买的什么牌子的助听器？进康复中心几年了？赵长军面带笑意地回答了他们最关心的问题：我们就是在家里做康复训练，用的是国产的三百块钱的助听器，没进康复中心……

在一片惊讶声中，赵长军和江文革成为众人追捧的"明星"，他们完全能够理解这些人痛苦的坚持，便耐心地把自己的方法、经验和心得毫无保留地传授给众人。两口子都是老师，仿佛站在了讲台上，面前是求知若渴的学生。他们讲得清清楚楚，大家也听得明明白白。赵长军和江文革又想起自己曾经四处求医，甚至相信气功、游医等的经历，就出言提醒他们，在目前医术还无能为力的情况下，要尽量少走弯路，免得自己受累，家底也掏空了，还免不了债台高筑。

等他们讲完后，大家还是围在一起，相互交流起自己的经历、经验来。坦诚、友好的交流氛围，也感染了在场的所有人。那一刻，赵长军有一种"天下聋儿是一家"的感触。

当话题转到助听器时，赵长军又建议他们根据自己的经济条件去购买。众人一听，当即点头，觉得有道理——这两口子的话肯定是可信的，人家女儿用三百块钱的国产助听器，不也能恢复得这么好。于是，都去助听器销售处选购低价的国产助听器。

却不承想，赵长军和江文革的做法很快就引起了助听器销售方的不满。

销售方的工作人员本来听这两口子讲自己的故事，听得津津有味，谁料他们说着说着就说到了助听器上，还极力向大家推荐低价的国产助听器，脸色一下子就不好看了。

赵长军也知道，他们的建议动了这些人的利益。他心里跟明镜似的：助听器价格相差悬殊，进口的大多是德国、奥地利等国的高端产品，价格贵，几千上万甚至几万一只，而国产的便宜的才几百块钱，这其中的利润可想而知！

销售方要他们离开，他们自然不肯，最后销售方竟粗暴地要赶他们走。

赵长军没有退缩，他深知聋儿家长的苦，自己隐约成了他们信任的人，也就有责任让他们少花一些冤枉钱。有些家长看起来比他们还要贫困，再在助听器上花上一笔不小的开支，让他于心何忍啊。他义正词严地对销售方发问：你们知道聋儿家长有多难吗？你们的同情心哪去了？再说选购什么样的助听器是家长的权利，你们凭什么阻止？

但销售方根本不吃这一套，编出各种理由，铁了心要把他们赶走。无奈之下，赵长军只好拿出"杀手锏"，把万选蓉搬了出来："我们是万选蓉主任、高成华教授约来的客人！"

对方一听傻眼了：原来是有"来头"的，这可动不得，只好作罢，随他们吧。

接下来的几天里，他们天天去，销售方的工作人员心里更不痛快了。可没办法,赶又不能赶,看着又添堵,也只能干瞪眼了。

江梦南也受到了康复中心的欢迎——这是现实中的真实例子,是言语康复训练的优秀"成果",又那么乖巧懂事。康复中心的领导找到了赵长军和江文革,告诉他们,愿意接纳他们家小梦南为学员。有聋儿家长知道这个事后,对他们打趣道:这可是天上掉馅饼,这样的机会不亚于保送北京大学!

赵长军和江文革知道这是实情,也动了心。这里的言语康复水平是全国最高的,据说每年面向全国只招收二十四名学员。但经过再三权衡后,他们还是拒绝了。一来,经过这一年多的家庭训练,女儿已掌握了拼音技巧,学字发音变得相对容易了;二来呢,也是最重要的,言语康复的方法、技巧固然重要,但远不及爱心、恒心、耐心和细心。康复中心的技术和条件虽然足够吸引人,但比起把女儿带在自己身边做言语康复,他们自信优势更明显,应该能做得更好。

100 分

从北京回来后，一家人又回到了之前的日子。赵长军和江文革白天在学校，小梦南去托儿所。等回到家，就是雷打不动的言语训练。

江梦南一岁多就被送到托儿所。都说年纪太小去托儿所不太好，可实在没办法。两口子都是老师，都要上班，父亲去世后家里只有一个娘，年纪大了，眼睛也不好，腿脚还不方便，走路靠拐杖。女儿在家没人看着，除了托儿所无处可去。

可赵长军和江文革每每想起女儿在托儿所里不开心的样子就心如刀绞。在托儿所近两年里，女儿从来没有向他们撒娇说不去，尤其是两岁之后她更加懂事了，知道爸爸妈妈要去上班，要去赚钱，所以每一次去托儿所都表现得极为情愿，一点也不要爸爸妈妈操心。

她耳朵听不见，不知道其他小朋友在说什么，就只能往她的小摇床上一躺，不知不觉就睡着了。等长大一些，她就不在摇床里睡觉了，黏上了托儿所的阿姨，几乎是寸步不离地跟着。天冷的时候，和阿姨围着火炉烤火，天气热了也要依偎在阿姨身边。也幸亏小梦南乖巧可爱，不说话，也不哭不闹，阿姨们都喜欢她，心疼她，总把她带在身边。

赵长军和江文革有时候学校有事回家晚，江梦南就没人接。托儿所附近有户人家，知道他们的情况，于是去接自家孩子的时候也会把江梦南一起接到家里，让两个小朋友一起玩，给他们做好吃的。

有爱的托儿所阿姨们，热心的邻居，都让赵长军和江文革心存感激，这份真情，他们一直都记在心里。

江梦南满了三岁，就要上幼儿园了。依依不舍地跟托儿所的阿姨们告别后，一向听话的她突然闹起了脾气，任爸爸妈妈怎么说，就是不愿意去幼儿园。

赵长军和江文革觉得奇怪，就问她什么原因，可再怎么问

江梦南幼儿时期很喜欢看书，父母把她当时看过的一些书籍都完好保存

左上图左边为江梦南，左下图第一排右三为江梦南，她的童年即便有坎坷艰难，但是她依然逆风飞翔，开朗乐观地成长

她就是不开口。江文革蹲下来跟她讲道理，苦口婆心讲了一大堆，也不管她能不能听懂。讲了半天，小梦南终于点了点头，噘着小嘴跟爸爸妈妈出门了。

最开始的时候，赵长军和江文革早上出门时先把女儿送到幼儿园，然后再去学校。过了一段时间后，江梦南就不要爸爸妈妈送了。她说，老师说了，要爸爸妈妈送的不是乖孩子，不是乖孩子就不能奖励小红花。

两口子一想，幼儿园离家近，和江文革所在的小学挨着，路上不会有什么危险，也就放心她一个人去幼儿园了。

跟在托儿所一样,江梦南在幼儿园和别的小朋友也玩不到一起。虽然戴着助听器,但她仍是听不到任何声音。助听器对她的作用,仅仅只是让她能够感知震动。有震动,就说明旁边有声音发出,她才扭头过去。

小朋友们都在高高兴兴地一起玩耍,你一言我一语地叫着喊着,说话七嘴八舌,速度又快,口型也不像爸爸妈妈那样明显。她实在不知道可以做什么,就坐在最后一排,安安静静地看着大家玩。等到下课了,就赶紧走到老师身边待着,就像之前在托儿所黏着阿姨一样。

才那么点大的小梦南,那时候或许还不知道"孤独"是什么意思,但只要不在爸爸妈妈身边,她寂静的世界里就只剩下她一个人。只有在阿姨或者老师身边,她才不会觉得无依无靠。

幼儿园的罗老师知道江梦南的特殊情况,对她的关注也多一些。一段时间后她发现,每次放学后,江梦南总是等其他小朋友走了就开始整理教室里的课桌、凳子,尽量摆放整齐。塑料小凳子江梦南可以轻松搬起来排成一列,但是课桌比较重,她自然搬不动,就咬着牙用手推,拿背去顶,把小脸憋得通红,累得满头大汗。等教室里的课桌和凳子都摆齐了,她才背着书包回去。

罗老师把这件事告诉了江文革,连夸江梦南懂事、乖巧,江文革听了很高兴。女儿在家里很懂事她是知道的,在幼儿园也这么懂事,她更觉得心中欢喜。女儿虽然听力有问题,但能够健健康康地成长，愿意为大家做自己力所能及的事，让她感到无比的满足和欣慰。

回到家的江梦南，跟外婆说说话、讲讲故事后，就把电视机打开，然后搬把小椅子坐着认认真真地看起来。她看的是重播的《新闻联播》，这也是父母给她有意培养的一个习惯，便于她熟悉口型和发音。三岁的江梦南已经能认识不少字了，她迅速记住正出现的那一行字幕，再马上盯着播音员不断说话的嘴巴，通过口型来判断说到字幕里的哪个字了。有不少字不认识，如果爸爸妈妈在身边她就问。

赵长军无意中想到的这个主意却收获很大的效果。他觉得，女儿长大后是要接触社会的，外面的人不会为了迁就她而放慢语速，也不会在说话时做着跟他们一样明显的口型，所以女儿看别人嘴唇"听"话的能力必须提高。他们除了在女儿面前逐渐地提高语速之外，也开始有意识地让女儿多跟外面的世界接触，训练她的"读唇"能力。《新闻联播》里的播音员普通话标准，语速适中，而且重播的《新闻联播》带有字幕，是最好的学习"教材"。

正是江梦南坐在电视机前的这些训练，让她掌握了极强的快速阅读能力，一篇五百字的文章，别人阅读要花上三分钟，而她两分钟不到就能看完；也更为她练就读唇本领打下了坚实的基础，让她在日后的学习、生活和人际交往中减少了很多障碍。

在两年的言语康复训练中，江梦南的开口说话能力越来强，虽然和正常人相比，她的语速更慢，咬字也较为生硬，但一般的交流是不成问题了。

当时的幼儿园里也会有考试。放假后，小梦南带着两张试卷回家，赵长军接过来一看，数学打了100分，当即就高兴得合不拢嘴。再打开语文试卷，50分。他愣了一下，随后就开心地把小梦南抱了起来，伸出大拇指，女儿，你真棒，数学竟然考了100分。

可江梦南却是一脸的不高兴，指着语文试卷不说话。

赵长军明白了，这是嫌语文分数太低啊。

他笑了笑，对女儿说，可是你数学是100分啊！是班上最高的！

小孩到底还是容易哄。听到"最高"两个字，小梦南马上就兴高采烈起来。

看着快乐的父女俩，江文革也是心情大好。从知道女儿以后无法听到声音那刻起，他们最大的心愿就是女儿以后能开口说话；等到女儿会说话了，他们就想着要是能认字读书就更好了。现在不光会说话、会识字，数学还考了100分。才上幼儿园的女儿啊，一次又一次地给了他们惊喜。

以后还会有什么惊喜呢？他们不去奢望了。已经拥有的一切，足够他们喜出望外、心满意足。

女儿茶

伴随着女儿越来越可爱、言语康复也越来越好而来的，是赵长军和江文革一家越来越难以维持的生活状况。

家底本来就薄，一家的开支全指着夫妻俩的工资。二十世纪九十年代初期，两个人的月工资加在一起也就四五百块钱。为了给女儿求医问诊，北京去了两次，长沙跑了三趟，宜章、郴州更是去了多次，再加上赡养老人，还有一些其他开支，家里早已经负债累累。亲戚朋友们都理解，也没有人催问过，他们很感激，更觉得过意不去。

夫妻二人都是老师，本就清贫，又不能从事第二职业。但生活要继续，借的钱总要一点一点慢慢还，女儿已经不需要太过操心了，他们唯一担忧的，就是钱。

家里的生活消费早就被压缩到了极限，除了吃饭几乎没有其他的开支。以前赵长军和江文革喜欢看书、买书，但这两年除了一些必要的专业教育类书籍和有关聋儿言语康复的报刊，他们已经无力再维持之前的爱好了。

赵长军对妻子更是充满了内疚。江文革长相秀丽端庄，读书时是班里的"班花"，嫁给他之后，朋友、同事们都打趣他"捡到了宝"。可这一两年来，为了女儿、为了家里，江文革舍不得给自己添置新衣服、新鞋子，更别说爱美之人钟爱的化妆品了。她年年旧衣旧鞋，天天素面朝天，跟锅碗瓢盆打交道，除了学校的工作之外就是照顾家里一家老小。倒是姐姐江文湘经常"雪中送炭"，每年都给妹妹送来衣服、裙子。

为一家人的正常的衣食住行，江文革学会了精打细算，恨不得一块钱掰成两半来花。结婚前她是家里的小女儿，基本没受过生活的苦，结婚后却像变了一个人，想方设法操持着家里的生计。甚至有一次，家里没米了，她揣着翻箱倒柜才找出来的四块钱去买米，问了米价之后，从不撒谎的她为了不让人家看出自己的窘迫，扯了个小谎：先买两块钱的新米试试，好吃再来买。提着一小袋米匆匆回家的路上，无尽心酸涌聚，眼里的眼泪几次都差点流出来，硬是被她生生憋了回去。

赵长军自己就更节省了。平时除了带女儿看病，几乎是没离开过莽山，出门就要用钱，所以他们尽量避免一分一毫的开支。那些年，赵长军极少去理发店，但自己是老师，还是要注意形象，他就买了把剪刀，让妻子学着当起了理发师，也幸亏江文革心灵手巧，他倒也没出过"洋相"。

都说年关难过，每年农历除夕将至，往往是赵长军最煎熬的日子。很多事都想赶在年前了结，比如欠亲戚朋友们的账，实在无力归还，但总要对人家有个交代，他只能提着小礼物，一家家登门，小心地、惭愧地说明情况。最难面对的是乡下母亲，他是家里跳出了"农门"的人，在乡亲们眼里，那是吃"国家粮"拿工资的人，这也是父母平时在家里最得意的事情。1995年那次借钱的经历赵长军永远记得，过完腊月二十四的小年了，他还没像往年那样给母亲一点置办年货的钱，自己这个小家也揭不开锅了，实在无奈，他只得又去找一个发小借三百块钱。

"三百块钱够不？先拿五百去用着吧。"这个发小与赵长军一起长大又同在莽山学校当老师，对他们家的情况比较清楚。

"够了，够了。"其实三百哪里会够，赵长军怕借多了难以还上，三百正好差不多可以抵他一个月工资。

那天的莽山大雾弥漫，还一直下着雨。赵长军怀揣刚刚借来的三百元钱，径直先回老家给母亲送去了一百。母亲照例推让，要赵长军自己拿着过年，给孙女买一些好吃的补补身体。赵长军只能在内心苦笑，他们平时饭桌上吃的几乎都是自己种的小菜，一个月难得开一次荤，吃一顿五花肉蒸盐菜全家就像过年一样。执意将一百元钱交给母亲后，赵长军匆匆往家赶，自己这个小家的年货还没有着落。

过完年就是幼儿园开学，马上要交学费。140块钱，对他们而言又是一笔"巨款"。怎么办？只能再去想办法借了。

借，这么下去不是办法。赵长军一边喝着茶，一边想着钱。

可一介书生，又能想出什么办法呢？想来想去想得头疼，他把茶杯一放，起身就要出门。

茶杯放在桌上"咚"的一声响，他的脑子里也突然闪出一个主意来。

莽山周围地区因海拔较高，常年云雾笼罩，适宜茶叶的生长。这里的瑶族人家，基本上家家户户都有茶园，赵长军家里也不例外。几年前家里承包了村里一处废弃的茶场，本指望着能改善生活，可大家都产茶，也无销路，茶场一直撂荒在那。女儿出生后，赵长军有一天心血来潮，效仿起了绍兴女儿红。别人是把三亩田的糯谷酿成三坛子女儿红，装坛封口深埋在后院桂

莽山周边地区，因为气候条件优越，盛产高山云雾茶，这里瑶族村寨家家户户都种植茶叶　邓加亮　摄

花树下，他赵长军就扛着锄头在废弃茶场里整理出几亩老茶树，还带着妻子女儿去看，得意扬扬地说，人家有"女儿红"，我们也有"女儿茶"。

而这几亩"女儿茶"，因为那几年除了教学之外，赵长军的精力都在为女儿的耳朵四处奔忙，所以无人打理，几近荒废。

如今女儿的语言能力恢复得不错，家里逐渐走出阴霾，如果把茶园打理一下，好歹也能换点钱吧。

赵长军越想越觉得可行，赶紧和江文革商量。

江文革听了却直泼冷水：我们都是老师，种点茶虽然不违

莽山张小隐茶厂茶园　张玉琼　摄

反规定，可我们一没经验、二没技术，这茶场怎么做得起？每家每户都有茶，茶叶卖给谁去？

赵长军一听也泄了气。但思来想去，家里除了那片茶场，实在想不出其他办法，生活所迫，只能"靠山吃山"。

思量再三，江文革也只好答应了。

他们带着女儿到离家三公里的茶场一看，倒吸了一口凉气。近十亩的茶园，因为长时间无人管理，长满了比人还高的杂草和灌木。那片"女儿茶"，已经被杂草掩盖。

没办法，到了这一步，硬着头皮也要干。

清理这些杂草、灌木是重体力活，对他们两个人来说无疑是一种"酷刑"。但请人是请不起的，付不出工钱，唯一的办法就是自己动手。平时要上班，那就只能利用课余时间来茶园做事。所以下班后、周末、寒暑假时，赵长军就骑着单车，带着妻子和女儿往茶园跑。有一个姓柳的邻居是莽山林管局的司机，有一次江梦南问他是做什么工作的，他回答说是开车的，小梦南也大声说，我爸爸也是开车的，开单车的哩。

就这样"开"着单车，赵长军花了半年时间把茶园整理出来了。由于管理精细，到了第二年的春天，茶树长势喜人。一颗颗嫩绿的新芽，在他眼里就是一片"绿色希望"。

这批茶叶采摘回来后光堆着可不行，可赵长军不会加工，请别人加工又要加工费，他出不起，只好一边回想小时候看过的别人加工茶叶的方法，一边照葫芦画瓢。结果他加工出来的茶叶看起来干巴巴，喝起来苦涩涩，自己都不想要，更别提去卖钱了。

想想自己一家人洒在茶园里的汗水，赵长军不甘心，就去买了一大堆茶树栽培和茶叶加工的书，一有时间就看，把相关的知识记了个滚瓜烂熟，他坚信，知识就是力量。果不其然，到了来年的春天，茶园一片生机盎然，长势比前一年还要好。新茶下树，他照着书上的方法小心地加工，没想到真的成功了。这批品质好、卖相佳的茶叶，很快销售一空。

不久后，湖南省茶科所的专家赴莽山指导茶叶加工，晚上就在离他家几公里远的茶农家里讲课。赵长军每晚准时往那里跑，又学会了多种风格的茶叶加工方法。

那几年莽山茶叶的名声逐步传播了出去，市场效益有所好转，赵长军凡事都爱琢磨的劲儿也让他成了茶叶加工的能手，在最艰难的那些日子，他们家靠着茶园也能补贴一些家用。

"感动中国"
2021年度人物
江梦南

ZHUIMENG TIANSHI
JIANG MENGNAN

第四章

追风的少年

旁听生

大山里的生活平淡而清苦，江梦南在父母无微不至的关怀下一天天成长，出落成一个活泼开朗的小姑娘。

1998 年 8 月，过完六岁生日的江梦南天天数着日子，等着 9 月 1 日的到来。正如所有的小孩子都盼望着长大一样，幼儿园的小朋友都盼望着早点成为一名小学生。

盼着，盼着，9 月 1 日终于来了。这一天，她背上妈妈给她新买的小书包，蹦蹦跳跳地跟着父母到莽山林管局子弟学校报名。牵着妈妈的手，看着来来往往的小伙伴们，江梦南兴奋极了。在她心里，只有上了小学才算是真正地读书了，小学和幼儿园就是不一样。

接待报名的老师热情地和赵长军、江文革打着招呼，说到报名的事却露出了难色，试探地说："梦南这个情况，是不是在幼儿园再上一年更好些？"

赵长军一听，连忙说道："我们在家里一直都坚持自学，幼儿园的每次测试都是非常好的成绩，尤其是算术特别好。"
江文革也在一旁附和着，她还带来了女儿在幼儿园时期的奖状，
准备拿出来给老师看。

那名老师还是之前的意思：再加强一年吧，明年再来可能
更适合些。

赵长军和江文革都是老师，很清楚学校及老师的顾虑。学
校和教师每学期都有考核，学生的成绩是十分重要的衡量指标，
他们是担心江梦南跟不上教学，拖了大家的后腿。即便幼儿园
表现优秀也难以打消学校的顾虑，接待报名的老师没松口，赵
长军也不好再坚持了，带着女儿准备回家。

小小的江梦南很疑惑，仰着头看着爸爸。别的小朋友都是
兴高采烈地各自走进属于他们的教室，坐到了座位上，为什么
自己要回家去呢？

江文革想了想，不知道怎么开口。他们和老师说的话，女
儿不明白意思，但又不能告诉她原因。赵长军把女儿拉到一旁，
说："南南，我们回去多上一年幼儿园，把基础打扎实，加固一下，
明年再来读一年级。"

"可是苗苗、欢欢她们都去读一年级了，幼儿园有些同学
测试分数还没我高呢，为什么她们不再加固一下？"梦南一脸
无辜地问。

这下赵长军没词了。在他们家附近，和女儿同年同月出生
的四五个孩子都去读一年级了，偏偏成绩最好的女儿还要继续

去读幼儿园。女儿已经很懂事了，他怕说得越多，越说不清楚，只好什么也不说了，牵着女儿往幼儿园方向走去。

第二天，江梦南背着为读一年级准备的新书包出了门。走完一段台阶，她站着不动了，抬头看着台阶上面的小学。几个好朋友跟她挥着手，从她身边走过去，跳着、笑着走进了小学校门。她默默低着头，转身往台阶下面的幼儿园走去。走着走着，眼泪就掉了下来。

她多想也跟小伙伴们一样，蹦蹦跳跳地走上那段台阶，一步一步走到一年级教室里去啊。那个教室里有她的好朋友，还有一年级的老师，一年级学些什么呢？会不会也像幼儿园一样玩游戏？

她都想知道，但都不知道。

六岁了还继续上幼儿园的江梦南在很长一段时间里都闷闷不乐。放学回家后做完言语训练就一个人坐着发呆，要么低头玩着自己的手指头，要么就把幼儿园发的课本按在桌上推来推去，小嘴噘得老高，爸爸、妈妈逗她说话也不想理。

赵长军和江文革知道，女儿这是在生闷气呢，她不怪老师，也不怪爸爸妈妈，就只是因为不能上一年级不开心。他们看得心里发酸却也无计可施，明年就明年吧。

一个月、两个月，也许小孩忘性大，也许是已经接受了这个事实，江梦南又变得活泼起来，在幼儿园里也交上了新的好朋友。到了第二年的9月1号，她终于如愿以偿地读上了一年级。

学校还是有些担心，和赵长军、江文革商量，先以旁听生的身份试试？他们满口答应。年幼的江梦南不知道旁听生是什么意思，她只顾着开心去了，终于可以读她梦寐以求的小学啦！

老师们也格外照顾这个特殊的学生。这个时候的江梦南个子比班上多数同学都要高，但还是被安排在了前排靠中间的位置。课堂上的她坐得笔直，双手整齐地搭在课桌上，认认真真地盯着老师的嘴巴，把黑板上的知识点工工整整地抄在本子上。

她识字早，不到五岁就掌握了拼音，一年级的课程学起来也十分轻松，期末考试还考了班上的第一名。

学校举行期末典礼这天，梦南一大早就起了床，央求妈妈给她穿上了不久前才买的新衣服，打扮得像个漂亮的小公主，一路蹦着跳着去了学校。

等她回来时，赵长军刚好在家。看见女儿无精打采地低着脑袋，有些纳闷，问了一句："你的奖状呢？"

江梦南带着哭腔说："没有奖状……"话还没说完，她"哇"的一声就哭了起来，泪珠一串一串往下滚。

赵长军心里一惊，问："为什么没有？"江梦南不说话，反而哭得更凶了。

当时家里装了一部座机，赵长军拿起电话给江梦南的班主任拨了过去。他这才知道，原来每个班的"三好学生"都有名额限制，只发给班上正式入学的学生，江梦南是旁听生，所以哪怕是考了全班第一名也是没有奖状发的。

放下电话，正想着怎么跟女儿委婉地说一下，但看着她泪眼蒙眬的小脸，赵长军不忍心，又拨通了校长的电话。校长一听这个情况，解释说可能是老师没注意，会给梦南补一张奖状。

赵长军挂了电话，高兴地告诉女儿，学校会给她补一张奖状。谁知江梦南一听就把头摇得像拨浪鼓。爸爸打电话说了什么她没听清，但很明显是找学校"要"奖状。她昂着头说，爸爸要来的奖状我不要，我只要跟同学们一起领的奖状。

赵长军听了哭笑不得，却也竖起了大拇指，南南，有志气！

有志气的江梦南，一年级下学期期末考试时又考了班上第一名。这一次，学校给她发了一张鲜红的奖状。她高高兴兴地捧回家，围着爸爸妈妈叽叽喳喳说个不停。

小学生江梦南快快乐乐地上学、放学。她当然也有烦恼的事，比如她害怕上音乐课。小学生的音乐课就是老师教唱歌，"唱歌"两个字她知道，会写也会读，但歌是什么样的声音，歌要怎么唱，她不知道。她只能盯着老师的口型，一个字一个字地读出来。

还有下课后，她也会和同学们玩，可经常玩着玩着就发现不对劲了，抬头一看身边没人了——原来是上课了。上课铃声她听不见。等她跑进教室，就看到同学们都已经整整齐齐地坐好了，都齐刷刷地看着她。老师也停止了讲课，对她说了一句话。她知道，老师要她赶紧坐回座位上。

同学们也会好奇她耳朵上的助听器，有些顽皮的男同学还会伸手过来拨一下，然后没等她反应过来就哈哈大笑地跑开了。

她急了，大声地说，我听不见！我听不见！

小朋友们还不懂事，有同学说她是"聋子"。"聋子"是什么意思，她是知道的，心里又急又气又难受，只能用力跺着脚，满头大汗。放学路上，她一个人的时候眼泪掉个不停。临近家门口，要下十一级台阶，她刚走两步就坐了下来，无声地哭泣着。

回到家时，赵长军和江文革看到她脸上还没干的泪水，赶忙问发生什么事了。她扑进妈妈怀里，抽泣着、断断续续地把事情告诉了爸爸妈妈。

听了半天，赵长军和江文革才听明白，心里一痛，像刀割一样。江文革摸着女儿的头，眼睛里也忍着泪，一遍遍地说："南南不哭，南南不哭，没关系。"

等江梦南终于不哭了，赵长军慢慢地对她说，南南，你要知道，有的人眼睛不好就戴眼镜，你耳朵不好就戴耳机，这都是很正常的。

"他们看不起我，说我是聋子。"江梦南还生着气，刚止住的眼泪又流了下来。

"哈，可你的成绩比他们好啊，每次考试都是第一名，还是你厉害！"赵长军故意大笑着，说起了女儿最得意的事。"以后跟他们比成绩，看他们还有什么说的。"

可这一次，江梦南没有像以前一样破涕为笑，她用低低的声音说了好几句，他们看不起我……他们笑话我……

江梦南这次是真的伤心了。

那一晚，已经好几年没有失眠过的赵长军几乎整晚都没睡着。第二天，他最终还是没有按捺住，又给江梦南的班主任打了个电话。从那以后，学校里再也没有同学当着江梦南的面说那两个刺耳的字了。

　　不知道过了多少天，江梦南的脸上才重新绽开笑容。可能是把这个事忘了，又或者心结解开了，她又开心地和同学们玩闹在一起，也有了自己的好朋友。她的同学吴祎娜，住得离她家很近，差不多天天和她形影不离，上学放学也几乎都和她一起走，小小年纪就知道走路的时候把江梦南护在相对安全的那边。她们的友谊从小学开始，一直延续到了现在，成了好闺蜜。江梦南上大学、读硕、读博时，每次假期回家，时间再紧也会

江梦南比吴祎娜小 11 天，她们是幼儿时期的玩伴，是一对好闺蜜

113

去找她，和她说说知心话。

江梦南学习起来更努力、更刻苦了。上课不敢走神，连眨眼都比别人快，生怕错过了老师的一个口型，黑板上的板书更是一字不落地抄下来。每当下课时，她总有课堂上弄不明白的问题，看到同学们起身时，她也赶紧站起来，大声喊着正在往外走的老师，拿起作业本，小跑着追过去抓住老师的衣角，指着本子上的问题，等待老师解答。老师有时候会当场给她解答，有时候下一节还有课，就带她去办公室。她一路抓着老师的衣角不撒手，像是生怕老师不管她了。到了办公室，陆续会有其他同学过来问问题，甚至还有别的年级的学生早就在等着了，但不管什么情况，江梦南提的问题总是老师们优先解答的那个。多年后，莽山林管局子弟学校的老师们，都还能记得这个一下课就抓着老师衣角不放的小女孩，每到新学期开学，总会讲起她的故事，激励着新入学的孩子们。

追风小少年

2001 年 9 月，江梦南上三年级了。

三年级的学生，学校要求开始写日记，爸爸妈妈也鼓励她多观察生活，把日常生活中的点点滴滴都记录下来。江梦南的第一本日记本的扉页上写着"奖给好儿童：江梦南同学"，这是离开幼儿园时得到的奖品。

每天放学回到家，做完作业后她就拿出日记本来，把一天中有趣的、难忘的事情写下来。她端坐在桌前，一笔一画地记着，看着倒也有板有眼。小学生的日记，同学、老师，爸爸、妈妈是绝对的主角，事无巨细，轮番在她的日记里出现。谁是她的好朋友、学校里发生了什么新鲜事、周末时爸爸妈妈带她去哪里玩，等等，是她日记里经常写的。三年级的学生，哪分得清什么主次，想写的她就一股脑全写上，写到她认为要结束的地方就戛然而止——这本来就是一个三年级小朋友的世界。

日记日记，天天要记。这是刚写日记时爸爸妈妈告诉她的

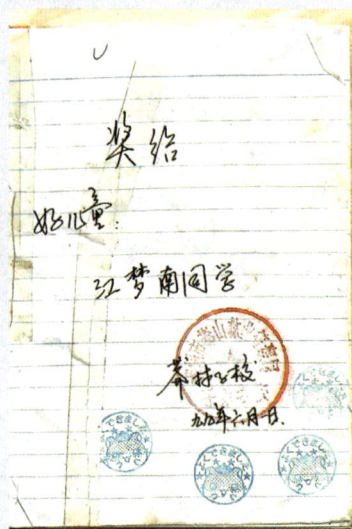

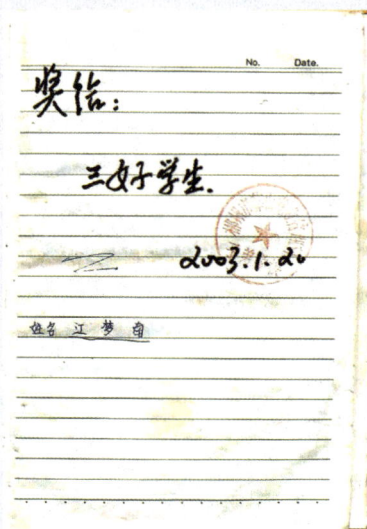

江梦南用学校奖励给她的笔记本写日记，日记中记录了她许多的小情绪、小开心、小感悟

一句话，她牢牢记在心里，在日记本里写下第一个日期开始，就把写日记当作了每天必须完成的任务，基本没有中断过。写了一篇又一篇，语句越写越顺，篇幅也慢慢长了，从最开始的每篇几十个字写到了每篇百余个字。

日记的内容五花八门，她从上学、放学路上和同学们的对话里感受到了朋友之间的友谊，从抬头便是望不到尽头的群山憧憬着山外的风景，有时候看着地上来来去去、忙忙碌碌的昆虫又想到了在书上看到过的科学原理……

她的种种小情绪、小开心、小感悟，也是日记的内容。日记本是她成长的见证者、记录者，看着她一天天长大，记载着她成长过程中那些闪光的浪花；日记也是江梦南内心最好的朋友，忠实倾听着她所有稚嫩、真实的心里话。

小小的人，写着小小的日记本，描绘着心里大大的世界。

赵长军对女儿的日记格外看重。在他看来，日记就是心声的表达，是女儿成长路上的足迹。无论工作多忙、多晚，每一篇日记他都会检查，看看女儿在学校里和同学相处得怎么样，她那小脑袋瓜里又冒出了些什么天马行空的想法。日记篇幅都不长，一两百个字，却充满了童稚和天真，经常看得他忍俊不禁。曾经的文艺青年又成了一名苛刻的编辑，把女儿这些稚嫩的文字当成了一篇篇文稿对待，从字到词，再到每一个句子都看得相当仔细。他纠正着日记里每一个不妥的、用错的词语，教女儿尝试写稍长一点的句子。

通过日记，梦南发现了爸爸既渊博又严厉的一面，然后又把这小发现写进了日记里。江文革很少对女儿的日记评头论足，她正忙着教女儿一门新知识——英语。

教女儿学英语并不是江文革的一时兴起。女儿的课堂学习已上了正轨，下一阶段就是升入初中，英语是重要主科，在以后更高一级的学习中都占了很大比重。她很担心到时候女儿接触英语时会不知所措，毕竟英语和汉语是两门完全不同的语言。从小听力受限的女儿，费了九牛二虎之力学会了一门语言，一进初中就要面临另外一种陌生语种，女儿情况特殊，做母亲的必须未雨绸缪。让江梦南提前熟悉、提前了解接触，打一点基础，将来等她上初中了，英语也就是一门普通的课程了。

早在学生时代，江文革的英语成绩便算不错，虽然后来没有从事英语教学，但底子一直都在。她琢磨了好几天，愈发觉得自己完全可以给女儿进行英语启蒙。

江文革是个有了想法就要付诸行动的人。她把这个想法跟丈夫一说，赵长军开始有些犹豫，但转念一想也同意了。因为听力的原因，女儿在学习上一直都是超前的，识字、拼音、算术都比同龄的孩子学得要早，那么提前学英语也算正常了。

学英语首先要有教材。赵长军到学校找同事借初一上册的英语课本，没想到问遍了所有英语老师，都没有多余的课本。又打了一圈电话，最后在邻乡一个朋友那里打听到有书。本想着等到周末去跑一趟拿回来，结果第二天在同事那里找到了一本往年的旧课本。

反正旧课本也能凑合着用，这一波三折的借教材经历一点也没影响到江文革，她拿到书就开始了自己的教学计划。

她把教材从头翻到尾，心里有了底。备了几个晚上的课，就正式开始给女儿上英语课了。

第一节课，先从最基础的 26 个字母入手。她把字母写在纸上，准备教女儿读。江梦南对这些字母不陌生，她一看，这不就是早就已经学过的拼音吗？没等妈妈开口，她就大声念着：啊、波、呲、的……

江文革被女儿的举动逗笑了，连忙打断了她兴高采烈的"表演"，告诉她英语和拼音完全不一样。解释了半天，江梦南还是一脸的懵懂。

接着往下教，也不管女儿有没有理解这二者的区别，江文革就指着纸上写的字母教她读。江梦南还是觉得奇怪，那个字母她明明认识，也知道怎么读，可是看妈妈的口型却又不是。她按照自己的认知读，妈妈一个劲地摇头；学着妈妈的口型读，可妈妈还是摇头。这一下，似乎又回到了最开始做言语康复训练时的状态。

还是赵长军有办法。他想起当年自己学英语的小技巧，拿笔在英文字母旁边写了个汉字。

江文革眼睛一亮，拍了拍自己的脑袋，哎呀，自己怎么没想到这个办法呢！给英文字母标上与之发音相同的汉字，女儿不就明白怎么发音了吗？

靠着这个办法，江梦南记住了26个字母，开始了一门新语言的学习。

虽说江文革有些英语功底，但时过境迁，毕业后也几乎没有跟英语打交道的经历，如今担负起教女儿英语的责任，几天之后就有点力不从心了。一些基础的单词和语法，她凭着记忆可以轻松应对，但女儿学习能力强，学得也快，她花了几个晚上备的课马上就要见底了。女儿聪明，她当然高兴，但也不得不调整自己的教学计划。

"要想给学生一杯水，教师就应该有一桶水。"江文革想到了这句话，想方设法也要让自己有"一桶水"。每天下班回到家忙完家务后，她就拿起初一的英语课本开始学，先当学生，再当先生。

江文革学得最认真也教得最仔细的，就是音标。女儿学习英语最大的困难，在于发音，在于口语，如果读不准音，学得再好也只是"哑巴英语"。用汉字标注英文发音只是权宜之计，时间长了，女儿学一口的"中式英语"不说，对她下一阶段的英语学习更是不利。要学发音，音标就成了关键。她觉得，音标之于英语发音，就如同拼音之于之前的言语康复，同样也是一把金钥匙。

逐个逐个教，逐个逐个学，母女俩愚公移山式的教学终于起到了效果，江梦南慢慢对英语入了门，学会了不少单词，会写不少句子。这些和拼音长相相似，却有着不同发音的字母，为她推开了一扇新的大门，带她进入了一个新的世界。

在这一年，江梦南还学会了骑单车。

因为听不见，平衡能力差，容易摔跤，她小时候学走路花的时间要比其他同龄孩子长，赵长军和江文革从来没想过让女儿骑单车。可看着伙伴们放学后骑着单车转来转去，江梦南的心里羡慕极了，她也想像他们一样骑着小单车，像一阵风一样在路上呼啸而过。她把这个愿望告诉了爸爸妈妈。

赵长军和江文革不支持，也不反对，但还是给她买了一辆小单车。

学校有个篮球场，是学骑单车的好地方。赵长军在后面扶着，江梦南兴奋地握着车把，踩着脚踏板蹬。溜了几圈，她觉得学会了，要爸爸松手。赵长军不放心，还在后面扶着单车一路跟着小跑。最后拗不过女儿，把手一松，江梦南没骑出去一米远，身体就在单车上歪歪斜斜，马上"哎哟"一声摔倒了。篮球场是水泥地面，膝盖、手掌磕在上面就破皮。

可江梦南强忍着痛，赶紧爬起来，虽然疼得龇牙咧嘴，还是把单车扶起来，嚷嚷着要爸爸继续。

溜几圈，松手，摔跤……溜几圈，松手，摔跤……周而复始。

学单车的第一天，江梦南摔得青一块紫一块，手上不少地方还流血了，可还是没学会。

第二天放学后，江梦南做完作业又推着单车到了操场上。不学会骑单车她是不会罢休的。她气鼓鼓地想，为什么别人学得会我学不会？

这一次，江梦南没叫上爸爸，她的好朋友谷惠玲来帮她。谷惠玲会骑单车，她是来给小伙伴当小老师的。

不知道又摔了多少次，也不知道爬起来多少次。

"江梦南，你疼不疼？"

"不疼。"

一个是下了决心要学会，一个是你学多久我就在这里陪你多久。在两个十岁的孩子心里，没有什么是可怕的。

没过多久，谷惠玲骑单车也有伴了。当她骑在路上，后面就会有人大声叫着她的名字，然后风一样地超过她。她发狠猛踩几下单车，大声喊着："江梦南，你骑慢点……"

豆苗的眼睛

　　虽然父母都是老师，但江梦南在学习上似乎并没有享受到多少身为教师子弟的"便利"。她好奇心重，求知欲强，看到觉得新鲜的事都喜欢打破砂锅问到底。赵长军和江文革从来不会觉得女儿的问题幼稚，但也很少直接给出答案。他们会故意做出一副不知道的样子，饶有兴趣地发出和女儿一样的疑问：为什么呢？都不知道，那就去翻书。

　　赵长军经常告诫女儿——"书是一位不会说话的老师"。那几年家里困难，但他们还是给女儿买了不少书，厚厚的《新华字典》《成语词典》是必备的，那时候江梦南拿起来都有点费力，但也有模有样地看着。《十万个为什么》《儿童百科全书》是她最喜欢的两套书，里面有各种各样的小知识、小答案，有些字不认识，就去查字典，查了字典还不明白就问。她看得津津有味，看完了还会得意地去考爸爸妈妈。

　　赵长军和江文革这样的教育方式，其实在女儿刚接触学习的

《十万个为什么》和《儿童百科全书》是江梦南最喜欢的书籍之一，她从书中学到了许多课堂之外的知识

时候就已经实行了。哪怕她年纪小，但习惯了这种方式后，思路就容易打开，思维发散，吸收的知识也记得牢，还经常举一反三。

江文革一直记得，女儿那个时候喜欢安安静静地看书，记忆力非常好，一本成语词典都被她翻烂了，她能按照顺序一个词条一个词条背一百多页。

江梦南还只有两岁时，知道简单的1+1=2，但爸爸妈妈问她10+10等于多少，她就弄不清了。赵长军没有直接告诉她等于20，而是启发她：1个1再加1个1等于两个1，那1个10再加1个10呢？江梦南想了想就回答：是两个10。赵长军高兴地竖起大拇指，还告诉她，两个10就是20。江梦南知道自己答对了，也记住了两个10是20。

赵长军趁热打铁，接着问，那100+100呢？得出了规律的江梦南马上就回答，两个100，是200。

世间万物，都是学问所在，也都是学习的对象。无论是带女儿玩，还是一起做家务，只要有机会，赵长军就会把生活中常见的事物有意识地引到学习上来，既扩大了女儿的知识面，也让她更加喜欢观察，善于思考。天上的云为什么大多是白色的？云为什么会动？泼在地上的水为什么慢慢不见了？河里的水为什么会往低的地方流？这些有趣的事情，江梦南和爸爸妈妈一起讨论，得不到满意的答案就自己去翻书。通常是把这个问题解决了，马上又发现了另一个有意思的新问题，就这样不断地发现、不断地寻找答案，她的小脑袋里装下了越来越多的好奇，也存储了越来越多的小知识。

江文革在家附近的荒坡上开垦了一个菜园子，家里的蔬菜都是自给自足。有一次种豆角苗，江梦南也去帮忙，种完后看见爸爸在每株豆苗旁边都插上一根小竹竿，就问为什么。赵长军告诉她，豆苗会顺着竹竿自己往上爬。江梦南记住了这个事，第二天特意跑到菜地里看豆苗，真的发现豆苗爬到竹竿上了！她看了一株又看另一株，惊讶地发现所有的豆苗都顺着竹竿爬了上去。

她问妈妈，小豆苗是不是有眼睛？江文革告诉她，植物是没有眼睛的。她就更奇怪了，没有眼睛那它们为什么都能找到小竹竿然后往上爬？

江梦南带着这个疑问去上学，放学后就赶紧去问爸爸。赵长军要她去看书，自己找答案，可书里的回答她也看不懂。赵长军教过生物，知道这个问题她暂时也理解不了，就跟她说，

只要条件允许，赵长军、江文革
每年都会带着女儿在当地乡镇上的照
相馆拍一张全家福

等以后上了中学自然就会知道。

后来上了初中，在生物课学到植物的向光性这一节时，江梦南一下子就想起了这个困扰了她几年的问题。这节课，她听得格外认真，课后又查阅了一些相关的知识。等到了周末和爸爸妈妈聊天时，她正儿八经地提起了这件事："同志们，今天我要给你们上一堂自然科学课，内容就是豆苗找豆架的原理。"随后得意扬扬地讲起了光照对植物的影响：豆苗旁边插根小竹竿，挡了太阳，背光的叶片生长激素就少，所以长得慢，豆苗就会弯曲，再沿着竹竿往上爬了。

女儿时隔几年后还记着这个问题，自己也知道了答案，赵长军欣慰地大笑起来。童年时期种下的知识点，现在结出了果，她可以自己来采摘了。看着女儿眉飞色舞的样子，赵长军又提了一个问题：那豆角苗是顺时针旋转还是逆时针旋转？

江梦南一怔，这个现象她可没注意过，就回答不上来。她问，爸爸，那你知道吗？

赵长军笑着眯缝着眼说："老爸可是教过生物的，怎么可能不知道！"但他也没有急着说出答案，这其中又涉及攀缘植物的运动和习性，和重力，植物向光性、向触性等有关，这些又有待女儿在以后的学习中自己去探究了。

这也是他对女儿一贯的教育方法：不会直接说出答案，引导女儿想办法自己给自己解惑。但同时，又要用知识武装自己，努力成为女儿学习上的榜样，只有这样，女儿才会真正认可爸爸对自己学习的指导，什么时候也不会心慌，因为她背后有一个可以依靠的爸爸。

江梦南学习好，同学们喜欢跟她玩，不少同学的家长也喜欢她。快到周末时，她那些好朋友的家长就经常跟她父母说，星期六让梦南来家里吃饭，给我小孩儿讲几道题目。赵长军和江文革自然高兴地答应。

江梦南就问爸爸妈妈："我去当小老师，要不要得？"

赵长军乐呵呵地鼓励她："这是帮助同学，要得要得！"

"小老师"江梦南虽然高兴，但也担心在同学面前卡壳，去之前把题目做了又做，直到彻底放心了，这才踏踏实实地去同学家。

新来的"小鲇鱼"

2003 年夏天，江梦南读完了四年级，如果正常升学，等到秋天她就是五年级的学生了。

由于前面三年一直保持优异的学习成绩，从四年级开始，江梦南终于从班里的旁听生转成了正式学生。她隐约知道一点点这二者的区别，但从来不多想。能到学校上课，能和同学们一起学习、一起游戏，能问老师问题，她就很快乐。

其实在二年级时，赵长军就和学校交流过，江梦南成绩不错，能否转成正式学生。但学校还是有些担忧，虽然她在一年级的两个学期期末考试都考了班上第一名，但小学阶段学生成绩不稳定，四年级是重要的分水岭，是否转成正式学生，等到了四年级就见分晓了。赵长军见此也不再多说什么，只要不影响女儿读书就行。

江梦南在二年级、三年级的考试中，总是名列前茅。可她是旁听生，就算是考得再好也不能计入学校的考核之中，学校也觉得可惜了。而且她读书、做题都是靠自己理解，而非机械记忆，这就更难能可贵，所以一到四年级，没等到"见分晓"，学校就主动把江梦南转成了正式学生。

到了这时候，其实赵长军和江文革都已经对女儿是不是正式学生不大在意了。女儿已经养成良好的学习习惯，自学能力强，旁听还是正式，无非就是个形式而已。

四年级结束后的那个暑假，江梦南鼓起勇气对爸爸妈妈说，我想要读六年级，赶上原来的同学们。

女儿的这个心愿，赵长军和江文革其实早就知道。

他们都清楚，上小学后，女儿对是不是正式学生没有多大概念，但心里一直都记着那些比她高一年级的同学。她本该是和他们同一起跑线的，不得已多读了一年幼儿园而落在了后面，哪怕每次考试都能考第一，却总觉得是落在后面的第一。

赵长军心里有些犹豫，女儿成绩是好，但中间跳过五年级直接读六年级，学习会不会吃力？能不能赶得上？

江文革也琢磨了许久，然后跟丈夫说了自己的想法。女儿聪明，善于思考，学习能力她毫不怀疑。但更重要的是，女儿慢慢长大了，对自己听不见的缺陷逐渐产生了自卑心理，虽然表现不太明显，但有痕迹可循。在这个时候，如果让她赶上原来的同学，对增强她学习上的自信心绝对是大有好处的。

"长军，试一下吧！我们不是要去证明女儿学习有多优秀，只是让她觉得，自己不比别人差。"江文革的话说进了丈夫的心坎里。

赵长军也下定决心，点了点头。帮女儿建立起信心，是不亚于教她开口说话的大事。人争一口气，有了信心，精气神就足了，这对女儿长大成人后走入社会也是大有裨益的。

跳级，就意味着要在暑假里帮女儿把未学的五年级课程全部补上。把两个学期的学习内容压缩在两个月里吸收消化，这是个大工程。但赵长军也有着自己的信心。那时乡镇学校的老师，一人往往要身兼数门课程的教学，赵长军本身学的是数学，但在学校里教过初中生物、物理、化学、历史等科目。数理化是相通的，历史地理他也没问题，可以说除了英语，他就是其他课程的"万金油"老师。

见爸爸妈妈同意了自己开学就读六年级，江梦南高兴得跳了起来。但她也知道，要想去读六年级，自己还要在暑假里下一番苦功。

针对女儿的情况，赵长军把五年级的课程分解再整合，紧凑、合理安排在两个月的时间里让江梦南学习。他又为女儿制订了一个学习计划，每天上午是正常学习，分成两节课，语文、数学各一节，然后休息一会，看看电视里带字幕的新闻，练练读唇能力。吃饭、午休后再学习两个小时，下午稍微放松一下，骑骑单车，跟小朋友出去玩耍。晚上吃完饭，再学习一会才睡觉。一天中的学习阶段，他都做了明确的时间安排。

功课学完了就检测。怎么检测，赵长军一直以来都有一套

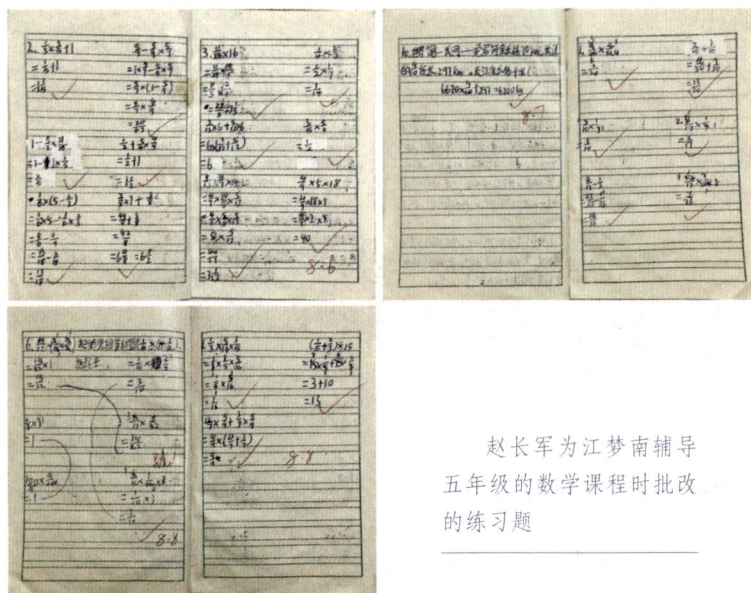

赵长军为江梦南辅导
五年级的数学课程时批改
的练习题

独特的方法。

他给女儿买的复习资料、练习册,后面的参考答案从来不撕,丝毫不担心女儿做之前就去抄答案。相反,他认为后面的答案可以帮女儿验证思路、检验结果。事实上江梦南也是这么做的,老老实实地做完题,再去对照答案给自己打分。如果自己的答案和参考答案不一样,她就思考自己错在哪里,有时候验算了半天,还是不能得出和参考答案一致的结果,她就拉着爸爸一起分析研究,会不会是参考答案搞错了呢?她一心想着给书后的参考答案挑错,只是一直未能如愿。

江梦南学习起来的时候全神贯注,一门心思都在书上。江文革在长沙的舅舅暑假来莽山游览,住在他们家,江梦南一直对这位当大学老师的舅爷爷佩服得不得了，平时见了都很亲热。舅爷爷学识渊博，书法、绘画都有很高造诣，江梦南八岁那年，这个舅爷爷还特意为她写了一幅《沁园春·雪》的书法作品。江梦南很喜欢，要父母把这幅字挂在了客厅里最显眼的墙壁上，有空就经常诵读这首词。这次暑假见到舅爷爷来了家里，她很开心，其实心里有很多问题想找舅爷爷请教，但她要抓紧时间在假期里把五年级的课程补上，所以只能忍住心中的雀跃。上午十点钟，是江梦南雷打不动的学习时间，只有等到当天的学习任务完成后，她才去缠着舅爷爷说话。

也是在这个暑假里，江梦南利用下午的休息时间还学会了游泳。

和学骑单车一样，她学游泳也比较艰难。虽然医生有过特别叮嘱，不要骑单车、不要游泳，因为平衡能力差，怕发生危险，

绿色是莽山的主色调，在这大自然
的绿水青山之间，江梦南学会了游泳

但她三年级时克服困难学会了骑单车，所以对学游泳也有着信心。

附近有条小河，河水清澈，是孩子们夏日里的乐园，江梦南骑单车经常骑到这里。看着伙伴们在水里玩闹，扑起一朵朵水花，她也动心了。妈妈江文革也一直不会游泳，江梦南于是软磨硬泡央求着妈妈一起去学。

赵长军自幼山里长大，是游泳高手，他成了母女俩的教练。妈妈还在水边小心翼翼的时候，江梦南早就按捺不住蹦入水中了，最开始呛几口水是免不了的，一入水就像石头一样直往下沉。扑腾了几天，江梦南勉强能浮起来了，可平衡能力又成了问题，往前划几下，突然一歪，又是几口水吞进了肚子里。

别人能学会，为什么我不能？江梦南不信邪，每天下午都拉着爸爸妈妈往河边跑，还有板有眼地和妈妈分享学游泳的心得。学了个把星期后，江梦南终于可以在水里游上几米远了，很快技术远远超过了她的妈妈。

江梦南的生日正好在暑假期间，四年级的暑假她就满11周岁了。

江梦南的生日只比妈妈江文革迟一天，所以自从她出生后，家里就形成了一个传统，娘俩一起过生日，妈妈生日那天，家里就摆上一桌丰盛的饭菜，女儿生日那天就吃蛋糕，这样两人都能过上两天生日。这也让和毛主席同一天生日的赵长军羡慕不已，每次都打趣着也要把自己的生日提前，和她们母女一起过，

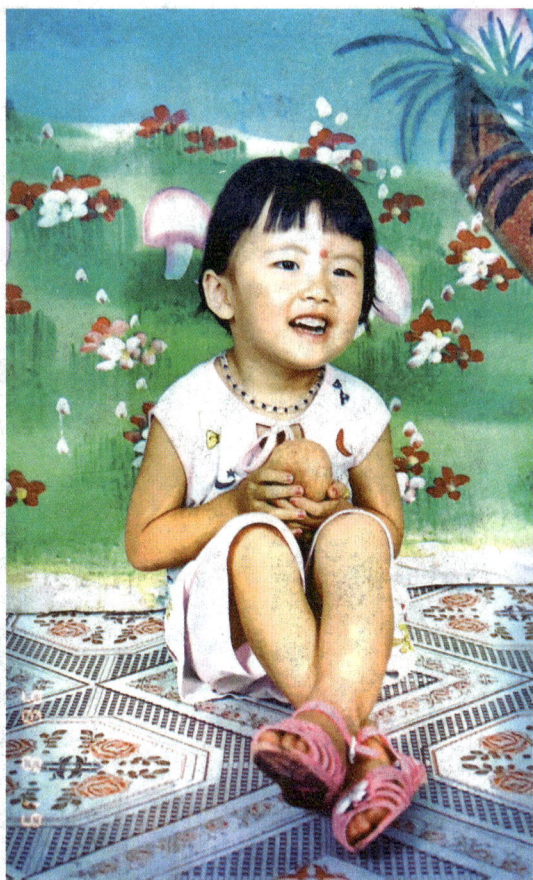

每逢江梦南生日，即便当时家庭经济困难，父母都会创造条件给她留下一张照片，因为她生肖属猴，拍照的时候还让她捧着一个大桃子

这样就能"名正言顺"地吃蛋糕了。

赵长军和江文革对待女儿的生日比较用心，只要条件允许，在江梦南生日的当天尽量会给她留下一张照片，最初几年是到乡镇上的照相馆去拍，后来买了相机就在家里拍。女儿属猴，猴子喜欢爬树，所以他们在有些场合都会把女儿名字里的"南"

江梦南第一次戴上鲜艳的红领巾，妈妈带着她去照相馆拍了一张照片留作纪念

字写成"楠"，意味着有树可攀。照相的时候也会塞给女儿一个大桃子——猴子喜欢吃桃子嘛。鲜红的桃子，映衬着她红扑扑的小脸蛋，甚是可爱。

过完生日暑假就快结束了，新学期即将开始，这段时间江梦南终于把五年级的课程都学完了，还对六年级的部分课程做了预习，她也终于可以在小河里自由自在地游上几个回合。一切就绪，只等着新学期报到。

开学那天，江梦南背着书包走进了六年级的教室，这引起了那些曾经是她幼儿园同学的好奇。有同学提醒她，江梦南，你走错教室啦。她骄傲地扬起头，大声告诉他们：没有，我就是来读六年级的！

新课本发下来后，江梦南翻开一看傻眼了：跟暑假里预习的六年级课程不一样！原来，这一期的教材改版了。放学后她把这事告诉了爸爸妈妈，换教材也出乎赵长军的意料，他还在想着怎么安慰女儿，可这回江梦南抢先开了口：爸爸，你还记得丑小鸭变成白天鹅的故事吗？我上了六年级，一定更加努力学习，也会变成一只小天鹅的。

但是，和正常升上六年级的那些尖子生相比，江梦南毕竟还是少读了一年，基础没有那么牢固。何况，练习题做得不够多，还是难免会有知识盲点。期中考试成绩出来后，她的成绩只能排在班级中上水平。虽然也不错，但这是她上学以来第一次没能在考试中名列前茅。面对这次学业上的打击，江梦南有点急了。

好在爸爸赵长军及时引导，帮她稳住了阵脚。

女儿的优势是自学能力强，为了夯实两个月速成的基础，赵长军给女儿买了练习册。一直以来，让女儿用练习册加强学习是他的一个独特"法宝"。

买练习册时，赵长军不贪多，反复比较之后选择他心目中最好的那一个，而且一买就是三本。每次把三本一模一样的练习册做完，江梦南的基础就相当牢固了。

这次也是一样。在做第一本练习册的时候，江梦南有些题不会做，因为粗心做错的也不少。做完了第一本后，赵长军把其中的错题用红颜色的笔标了出来，拿出另一本新的，让女儿把错题再做一遍。等做完第二本，江梦南如释重负，心想这下差不多了，除个别的题目，其他的基本全会了。这些个别的"漏网之鱼"，赵长军又用红笔标记出来，然后拿出了最后一本练习册。

"都已经做过两遍了，再做一遍还有必要吗？"看着爸爸一本接着一本，江梦南有些诧异，也有些抗拒。

赵长军用少有的严肃语气告诉女儿：这非常重要也非常必要，做题贵精不贵多，真正吃透一本辅导书，比粗略看十本辅导书更有用。

江梦南没词了，只好老老实实地开始做题。做着做着她发现，这次做错的题目更少了，速度也更快了，更重要的是自己对这些知识点的理解也更加透彻了。尤其是那些做了两遍、三遍的题，正是她知识的薄弱所在，一而再，再而三，在不断的纠正和巩固的过程中，记得牢，理解得深，以后再碰到类型相似的题目就可以轻松解决了。

她这才理解了父亲的良苦用心。这三本练习册虽然一模一样，但它们扮演着不同的角色：第二本是第一本的错题库，第三本是第二本的错题库。连做三次的过程，就是一个不断温习错题库的过程。

这三本练习册，让梦南在期末考试的时候考到了第三名的好成绩，老师表扬了她，夸得她小脸红通通的。回到家，她兴奋地对妈妈说：我现在算得上是一只小公鸡啦！

江文革听得满头雾水，女儿兴高采烈地讲了大半天她才明白，这是丑小鸭变成白天鹅的故事。女儿学习进步了，不再是丑小鸭了，但没有考到最好成绩，就不能叫作白天鹅，她照着自己的理解，把自己定位成了"小公鸡"。

江梦南的奋起直追，让六年级班上原来那些尖子生人人有了紧迫感。这个年龄段的孩子对荣誉感看得很重，为了保住自己的名次不被江梦南超越，他们都拿出了更加努力、更加发狠的学习劲头，一群小学还没毕业的学生，愣是在班上营造出了冲刺的紧张感，甚至还有同学为此急得掉眼泪。

江梦南在小学六年级的成绩，后来基本稳定在了班级第三名，偶尔拿个单科第一，有时是语文，有时又是数学，她就像一条突然被放进班级的"小鲇鱼"，用刻苦和勤奋搅动了班上的一池水，激起了班上其他同学的昂扬斗志，你追我赶的学习氛围蔚然成风。他们这个偏远山区农村学校的普通班级，日后有人考上了复旦大学，有人考上了华南理工大学，还有几个同学也上了重点本科。而"小鲇鱼"江梦南本人，更是在 14 年后成为清华大学的一名博士生。

"感动中国"
2021年度人物
江梦南

ZHUIMENG TIANSHI
JIANG MENGNAN

第五章

"南儿"立志出乡关

"南儿"立志出乡关

2004 年夏天，江梦南带着"市级三好学生"的荣誉，从莽山林管局子弟学校小学毕业。

去哪读初中，成为摆在全家人面前的一道选择题。说是选择题，其实对父母来说，尤其对江文革来说只有一个选择：女儿听不见，年纪又小，出门在外不方便，离家近的学校是最好的选择。

但江梦南不这么想。从小到大，她都是在爸爸妈妈的羽翼下成长，这让她感觉到很温暖、很安全。但这片天地终究是太小了，她无限憧憬着外面的广阔天空。

对于女儿的想法，赵长军和江文革一直都是很尊重，但实在不放心让她一个人去外面的学校读书。可女儿的一句话还是让他们让步了。

江梦南说，我总有一天会长大，要离开莽山出去读书的，就算这次不会，以后读高中呢？再以后如果读大学呢？

是啊，长大的鸟儿终归是要展翅翱翔、搏击长空的，巢虽温暖，又怎么容得下高飞的翅膀呢？

当时宜章县最好的初中叫养正中学，是宜章一中的初中部，江梦南胸有成竹地参加了这所学校的入学考试。谁知，这一年养正中学招考的语文考试有听力题，听力部分江梦南无从下手，一分未得。成绩出来后，她因几分之差和养正中学失之交臂。

沮丧的江梦南回到家，把结果告诉爸爸妈妈，谁知赵长军和江文革听后一脸的"幸灾乐祸"，赵长军还故意逗她："我们就是想你考不上，这样你就只能留在我们身边读书了。"随后，又不断地安慰她，在家里多方便，吃得好睡得好，功课还有爸爸妈妈辅导，总之比去外面读书好太多了。

可江梦南就是不甘心。她是班上的第三名，第一名和第二名都考上了，就剩下了她。可结果已成事实，再不甘心也只能接受。她整天想着这个事，连书也没心思看了。

在郴州的姨妈江文湘知道了这个事，打电话邀请江梦南去玩。赵长军和江文革也放暑假了，正好没事，也就随江梦南去了郴州，权当陪女儿散散心。

江文湘的丈夫在郴州六中教书，恰好学校在暑假面向全市招收两个寄宿制班，已经进行了一轮考试，招满了一个寄宿班，两个星期后还会再进行一次招考。江梦南在郴州得知这个消息后，当即决定要报名参加考试。

这时候赵长军已经很理解女儿的心思了。他担忧地问："你能考得上吗？城里的学校外面都是车子，危险你怕吗？你一个人在学校吃饭怎么办呢？"

面对爸爸一连串的提问，江梦南只是坚定地回答，我一定要考！

时间太紧，离考试只剩下十来天了，江梦南赶紧和爸爸妈妈回家，投入到紧张的备考之中。

赵长军设置的那三本练习册，又一次发挥了作用。江梦南翻来覆去地看，尤其是第二本，里面标记的题目她看了很多遍，也做了很多遍，力争把每一道题目都记得滚瓜烂熟，又花了几天时间，找了些相同类型的题再加强训练。经过扎扎实实地对语文、数学两科进行查漏补缺，江梦南信心满满地走进了考场。

成绩出来后，她在这次入学考试中取得了第二名的好成绩。郴州六中校长周贤斌对这个来自莽山乡下的特殊女孩有过耳闻，了解一些她克服困难坚持学习的事，看到这样的好成绩，他也震惊了。一个听不到声音的小孩，靠着顽强的毅力，在全市一众尖子生中竟然考出了第二名，"不简单，不简单"。

这样的考生，这样的成绩，在学校里引起了轰动。考虑到江梦南离家求学的实际情况，周贤斌校长特意关照，要求把她编入由女老师当班主任的班级。

开学这天，江文革和女儿带着行李来到了郴州六中的校园。本来姨父是学校的老师，而且就住在六中校园里，离江梦南的教室很近，她完全可以选择住姨妈家，生活上有照顾，也不影响学习，但要强的她还是坚持和其他同学一样住进了集体宿舍。

哪怕女儿表现得再乐观、再坚强，江文革始终都是不放心。这是女儿第一次离开父母这么远独自生活，耳朵又听不见，还要面对繁重的学习压力，她如何放心得下呢？

江文革一边帮女儿铺床铺，一边不厌其烦地讲着各种要注意的事项，恨不得把自己的经验全部塞进女儿的脑子里。江梦南知道妈妈担心她一个人在学校不适应，可她对即将展开的初中生活却是充满了信心。她长大了，可以照顾自己了，再说，书山有路勤为径，学海无涯苦作舟，读书哪有不苦的呢？她笑嘻嘻地用父母小时候教她的名言警句打消妈妈心里的担忧。

铺好床，整理好生活用品，熟悉了一圈校园后，江文革带着女儿出去转转。六中校门靠近郴州的中山北街和人民东路，学校外面就是繁华的商业中心，人来人往，车流不息，江梦南知道爸爸妈妈最担心的就是她一个人在外的安全问题，尤其是怕她听不到路上的汽车声。一出校门，她就挽着妈妈的手，大步地往前走着。走到红绿灯前，她夸张地带着妈妈来了个"刹车"，指了指亮着的红灯，又指着地上的人行道斑马线，对妈妈说："红灯停，绿灯行，我们要站在路边等绿灯，再走斑马线过马路。"

江文革知道，这是女儿在故意证明她一个人也可以很安全。她仔细想了想，女儿虽然听不见，但不管是在学习上还是生活中，都是一个谨慎、认真的人，危险的事不做也不碰，从小时候起就让家里放心。这么一想，她心里的担忧似乎被冲淡了不少。

在外面逛了逛后，江文革就送女儿回宿舍。到校门口时，江梦南停住了脚步,她说,妈妈,就送到这里吧,我自己可以进去。江文革怔了一下,这么多年来,这似乎是第一次自己不能牵着女儿的手继续往前走了。

江梦南见妈妈看着自己没说话,就抬起手给妈妈整理了一下衣服,说道,妈妈你放心好了,我会照顾好自己的。

江文革点点头,说,嗯,那你进去吧。

江梦南答应一声,和妈妈挥了挥手,转身就往校园里走去。她知道妈妈肯定还站在原地看着她,于是特意走得很轻快。走到快转弯的地方,她停下来,转身向外望去,只见妈妈还站在校门口看着她。她高举起手挥动着,示意要妈妈赶紧回去。

江文革抹了抹红了的眼圈,这才依依不舍地走了。走了几十米,又走回校门口往里面看,却看见女儿还站在那里望着校门的方向。

江梦南没想到妈妈又走回来了,心里发酸,却马上做了个鬼脸,赶紧跑开了。回到宿舍的江梦南也发了一会呆,刚刚分别,她就开始想爸爸妈妈了,想家里的一切。可一想到自己费尽艰难险阻出来求学,以后还要看一看外面更精彩的世界,她的心情才稍微平复了些。

目标在前，行动充满力量

宿舍里的室友陆陆续续住下了，江梦南主动和她们打招呼。对这个有着奇怪口音的女孩，室友们一开始很好奇，江梦南丝毫不以为意，大大方方地把自己的情况告诉了她们。同学们听完后，无不被梦南的精神所感动，敬佩她的坚毅，和江梦南说话时，也都有意放慢了语速。

江梦南呵呵一笑，能遇到这群可爱的室友，面对未来三年的初中生活，她更有信心了。

因为听不到起床铃声，早上起床对江梦南来说是件为难的事。之前每天都有父母提醒，现在住进学校集体宿舍了，不可能要室友们天天来提醒，江梦南也不喜欢给同学添麻烦。

那就只有靠自己了。

鉴于她情况特殊，江梦南当时是学校唯一一个可以带手机进校园的学生。她把手机调成震动模式，设置了好几个闹铃，睡觉之前将手机抓在手里，这样到了时间手机会震动，她就能醒来了。第二天早上，闹钟时间还没到她就已经醒来了。多年来早睡早起的习惯，已让她养成了相对精准的生物钟。室友们陆续起床了，嬉笑着打着招呼，虽然才经历了一个晚上的相处，但这群十一二岁的小姑娘彼此已相当熟络。

江梦南调的手机闹钟，一般用不上，偶尔因为学习睡得晚了，或者第二天有事必须比平时起得更早，超出了她的生物钟范围，她才把手机紧紧抓在手里。有时怕睡熟了不自觉松手，她就找个皮筋把手机绑起来。

班主任李雪其实早就听过不少江梦南的故事，了解得越多，就越震惊、越感动。江梦南分到了她当班主任的295班，她总是尽自己最大努力去帮助这个自强自立的孩子，还把江梦南的座位安排在了教室第三排的居中位置，方便她课堂上能够看清老师的口型。

李雪教英语，每次讲课都尽量站在讲台上，语速也比往常慢一些，一些容易理解的可以不板书的知识点也被她写到了黑板上。有一次，她上课太投入了，不由自主就走下了讲台，一直往前走，差不多都要走到最后一排了。她转过身再走回讲台时，就看见江梦南正转着身子扭头看着她，一脸的焦急。她对着江梦南抱歉一笑，又走回了讲台上。

心有灵犀，江梦南也笑了，李老师对她的好，她深深感动着，发自内心地感激着。不光是她，赵长军和江文革也非常感谢这位可敬的老师，把她称作女儿成长过程中的"恩师""贵人"。

李雪也确实担得起江梦南一家的感谢。无论在学习上，还是在生活上她都很照顾江梦南，但一切又都做得不露痕迹，为的就是不让这个自尊心极强的学生感受到明显的被照顾，从而觉得难堪。

开学之初，李雪和其他科目的老师碰了面，大致说了下江梦南的情况，大家都心领神会了。一进295班的教室，老师们都会稍微转变一下自己的教学方式，讲课时轻易不下讲台，板书的内容也增加了，语速也都放慢了。江梦南心里暗藏着感激、感动，不动声色地享受着来自老师们默契十足的关心。

郴州六中是全市最好的初中之一，当时的生源是市里各区、县的优秀学生，江梦南所在的年级共有七百多名学生。初一的期中考试，是江梦南离家异地求学路上第一次比较正式的考试，她的成绩在全年级里排在八十多名，属于中等偏上水平。

晚上，室友们都睡了，江梦南却拉起被子蒙住头，无声地哭泣着。成绩的下滑有着多方面的原因，比起小学，初中学科数量猛增，各门课程更深入、更系统，学习压力骤然加重，再加上陌生的环境里高手如林，她的心里满是无法言喻的无助。

她捧着手机，想到了为自己含辛茹苦、对自己永不放弃的爸爸妈妈。自己只能用优秀的成绩去回报他们，可如今……

手机一阵震动，拿起米一看，是爸爸的短信米了。打开后是两句小诗：南（男）儿立志出乡关，学不成名誓不还。爸爸还是这么风趣，这么懂她，竟然把毛主席的诗改了一个字来鼓励她。

就像前一年刚上六年级时跟不上学习节奏一样，江梦南的心慢慢安定下来。她知道，爸爸妈妈虽然不在身边，但时刻都关注着她、支持着她。有他们做坚强后盾，还有什么困难是不能克服的呢？

她安然进入了梦乡。醒来后，又是新的一天，她元气满满地开始了新的奋斗。

每到周末，江梦南都要去姨妈家里，这是她和父母的约定，也是爸爸妈妈对她唯一的一个硬性要求。在姨妈家吃完饭，交流一会，江梦南就准时坐在电脑旁打开了QQ，网络的另一边，赵长军和江文革已经在等候着她了。学习怎么样，过得习不习惯，学习、生活中有什么高兴或烦恼的事，她全部输进对话框，和爸爸妈妈一起分享。江梦南打字的速度相当快，这得益于当年妈妈做信息技术老师时对她的训练。她十岁那年就接触了五笔打字法，背字根、拆字比妈妈还快，是莽山出了名的打字小能手，打字速度在那个地方一骑绝尘。

妈妈的打字速度明显跟不上她，她大段大段地把内容发送过去，很快就淹没了妈妈的回复。赵长军和江文革也乐得看女儿的长篇大论，在字里行间勾勒着女儿在学校的一切。

几年下来，家里的电脑保存了一家三口在分离日子里的对话，赵长军估了估，十万字都不止。后来，他想把对话全部整理出来打印成册子，却发现硬盘不知道何时已经损坏，拿去好几个地方修都没办法恢复数据，这也成了他心中一大遗憾。

江梦南的成绩一点一点地稳步前进着。初一下学期时，她已经逐渐适应并融入了这种和小学完全不同的学习模式，又用了一年时间，一步一个脚印，慢慢地、稳稳地跨过了一个个排在她前面的名次，也超越了她自己。到初三时，她的成绩已经比较稳定了，每次考试都能排在年级的前十分之一以内。

初三的学习紧张而枯燥，日复一日，但江梦南沉醉其中。有次晚自习时碰到停电，班主任李雪把同学们的刻苦努力看在眼里，要大家趁这个时间休息休息。江梦南第一个站起来走出了教室，紧接着不少同学也陆陆续续站起来向外走，可没过一会，他们却一个个手拿蜡烛返回来了。蜡烛点起，教室逐渐亮堂起来，没有人大声说话，只有写字声、翻书声在微微摇曳的烛光里"沙沙"响起。

"同学们，这样对视力不好，趁着停电，大家都出去休息一下吧。"看着这群被烛光映红了脸的少年，李雪大受感动，柔声劝慰着。

295班的教室就在一楼，三年来不曾换过地方，外面就是操场，但那个停电的晚自习，全班没有一个人走到外面休息玩耍。

进入初三后，李雪在黑板上写了一句话：目标在前，行动充满力量。她对学生说，心里有目标，行动也就有了力量。她建议学生擦黑板时不要把这句话擦掉，每天都看看这句话，再想想自己的目标。

这句话留在了黑板上，班上的学生每天一抬头就能看到它。用粉笔写下这句话的时候，李雪心里也想起了江梦南，这个拼命咬着牙坚持、永远不服输的学生，在不知不觉中就影响了大家，老师被她感动了，同学们也从她身上感受到了言语教育不能代替的激励和力量。江梦南被学校评为"自强之星"，当地的报纸、杂志和电视台还对她的事迹进行了报道。

　　"目标在前，行动充满力量"，当这句话在黑板上留了快一年的时候，中考的脚步也越来越近了。

爱心考场

2007年6月，中考即将来临。于江梦南而言，中考至关重要，但是语文和英语的听力考试对她来说又是一个"拦路虎"。

初中三年，考试由学校自主组织，为了给江梦南一个公平考试的机会，郴州市六中会专门为她设置听力考试环节，比如英语考试，等她做完笔试题目，班主任李雪就会把她带到办公室，面对面地给她口播听力部分的内容，她看着口型当面做题，李雪也当场打分。但中考是全市统一考试，这让学校犯了难。

学校向郴州市教育局提交了一份关于为江梦南开设单独听力考室的报告。与此同时，考虑到江梦南既是听力障碍，又是少数民族的情况，学校及时跟市里残联、民宗委汇报，取得两个部门的支持，也向市教育局发去了关于妥善解决江梦南本次中考听力测试问题的函件。

时间紧迫，情况特殊，还有不到一周就要中考了，郴州市教育局接到几个单位的报告和函件后，鉴于中考的严肃性和严谨性，时任教育局局长周余武慎重起见，召集相关负责人和科室开了一个讨论会。

会上有人提出不同意见：中考有严格的规章制度，不能为了某一个学生而打破考试的规则。也有人说考试追求的是公平公正的竞争，就看以一种什么标准来衡量这种公平公正。

大家各抒己见，讨论得很激烈，却始终难以统一声音。因为中考对于每一名学生来说都至关重要，虽然不能说是一考定终身，但是中考的好坏也将会直接影响到一个人之后的求学轨迹。这种中考制度长期沿袭下来，当时还没有专门为某一名考生而打破以往考试规则的先例。

变革从来不会一蹴而就，变革也总是在曲折中艰难向前，其阻力不言而喻。

当时周余武履新郴州市教育局局长时间还不长，他一边听大家的发言，一边详细地做着记录。听完大家的发言之后，周余武沉默了片刻，他说，我们办教育的宗旨是什么？教育最重要的是为国家培养人才，要以人为本，以学生为本，一切为了学生，为了一切学生，为了学生一切。

周余武环顾在座的参会人员一圈，顿了顿接着说，正如大家所讲的，考试最重要的是讲究公平、公正、公开，我们组织这个讨论会的目的也是基于以上这几点，我们不能剥夺任何一位学生公平参加升学考试的权利，也不能阻挡任何一位学生公平竞争的机会。江梦南同学的情况特殊，听力有障碍，以广播的形式举行的听力考试对她而言就显得不公平了，如果不能妥善为她开设专门的听力考场，那我们这个中考就没有做到真正意义上的公平和公正。

讨论会开得很长，最后做出决定，由市教育局派出工作组，会同市残联和市民宗委一起到郴州市六中实地了解情况。工作组和学校的老师带着江梦南来到郴州市人民医院耳鼻喉科，专门为她进行了一次严格的听力测试，每个环节都做到了严肃认真、实事求是。

最终，郴州市教育局批准了专门为江梦南开设听力考室的申请，为她参加中考的听力考试开辟了绿色通道。

2007年6月18日，对于江梦南来说是紧张而又幸福的一天，这天她迎来了她人生中第一次真正意义上的大考。

听力考试开始了，偌大的一间教室，只有江梦南一位考生，却同时有四位老师在场。其中有两位老师负责监考，另外两位口语老师负责同步播报听力考试内容的男声与女声。

面对面做听力测试，两名口语老师朗读得认真，江梦南"听"得认真，但她看得更加仔细，眼睛都不敢眨，就怕错过任何一个口型的变化，最终，江梦南顺利做完了她特别的听力测试。

郴州市教育局为江梦南设置"独立考室"的事迹不胫而走，2007年相继被中央电视台、湖南卫视等多家媒体报道，"独立考室"亦被外界誉为"爱心考室"。周余武在接受采访时说："我们教育主管部门要为每一位学生负责，江梦南是一位非常优秀的学生，也是一位特殊的学生，我们要为她的求学之路保驾护航。"

　　社会以一种温暖的方式陪伴着江梦南告别三年的初中时光，这让她面对长长的未来更有信心和力量。

明星学校里的"明星"

中考成绩出来后，江梦南七门功课全部被评为"A"等，赵长军一家沉浸在喜悦之中，与此同时，他们也陷入了两难的选择。

郴州市设立"爱心考室"的举动被媒体广泛报道后，市教育局又发布了一则通知，讲述了江梦南自强不息的求学经历，呼吁市内的高中学校向这个特殊的学生敞开大门。通知一出，郴州市一中的校长随即跟她表了态：梦南，我们郴州市一中的大门随时向你敞开。

赵长军和江文革是教育行业的人，心里自然清楚市一中的教学质量在当地毫无疑问是数一数二的，女儿中考成绩全A，学校也表示欢迎，甚至承诺"无论江梦南考出什么成绩，学校都会接收"，去市一中就读是水到渠成的事。

但江梦南心里却有自己的想法。初中毕业前，郴州明星学校曾去六中做招生宣传，雄厚的师资力量和各种优惠政策让不少成绩优秀的学生心动不已，江梦南当然也不例外。而且，2005 年高考，郴州市的文科状元便出自明星学校，连续几年，好几位毕业生被清华、北大录取，明星学校耀眼的成绩的确让许多学生神往不已。

最终让江梦南一家人做出选择的，是明星学校的教学环境。赵长军和江文革最担心的是女儿在外的安全问题，而明星学校实施全封闭管理的教学模式，学生足不出校，这让他们放心。再加上私立学校特有的全体教师晚自习随堂坐班制度，让他们心中的天平逐渐倒向明星学校。

暑假期间，明星学校在长沙举行夏令营活动，江梦南也参加了。乐观阳光的她很快融入其间，夏令营团结友爱的氛围也感染了她。对未来几年的高中生活，江梦南充满了信心。夏令营结束后，一家人开始为入学做准备。

当时，明星学校新生是提前一个月就入学。2007 年 8 月，江梦南一家来到学校报到。学生宿舍 8 个人一间，里面还安装了空调、热水器；高二、高三的学生早已习惯了这种学习氛围，老师的讲课声从教学楼传来，在安静的校园里显得格外清晰。实地看了看明星学校的环境，赵长军和江文革彻底放心了。

"我小学、初中都是上的普通学校，不是特殊教育学校，我和正常的学生一样。"江梦南进校的时候，希望学校把她当成普通学生看待。

生物老师黄仁海给他们上第一节课的时候，就发现了江梦南的不一样。当他讲课时，学生大都是看着课本或是黑板，但有个女学生却始终目不转睛地盯着他。一开始以为是熟人的小孩，又怕是自己脸上有脏东西。更让他纳闷的是，当他边讲课边走动时，那名学生的视线也跟着移动，直直地看着他。上完这节课后，黄仁海赶紧找教务主任王海平反映这个奇怪的情况，他才知道这名叫江梦南的学生耳朵听不见，上课全靠看老师口型。那次之后再去梦南所在的班级上课，他就有意识地把语速放慢，板书也变多了。江梦南从小似乎受了爸爸赵长军的影响，对生物很感兴趣，经常向黄仁海老师请教。生物课本里的术语较多，江梦南边看老师口型边记忆理解，有时候忙不过来就把问题写在纸上，黄仁海回答问题时也会在纸上写几个关键词。

冯毅老师教语文，同样也是事先不知情，上课时注意到坐在第三排的江梦南一直朝他脸上看，就对这个学生留了心，又发现当他转身讲课的时候她就显得很焦急，心里也是很纳闷。下课后，梦南主动找冯老师说明了自己的情况，他这才明白。从此，他在课堂上也变得和其他老师一样了，讲课和板书尽可能地照顾她。作为语文老师，冯毅很重视周记的作用，也一直把周记当作提高学生写作水平和了解学生思想动态的有效途径，他的学生大都养成了每周写周记的习惯。江梦南的周记他看得很认真，发现她写作水平不错，也很有灵性，几乎每篇都会批注。

高二文理分科后，江梦南选择了读理科。周茂平老师教英语，在接手这个班级一个月之后，他发现了江梦南和其他学生的不同：这孩子的英语成绩有点跟不上，回答问题时嘴里一个字一个字地往外蹦，回答问题通常是先重复一遍问题，向他求证是不是这个意思然后再作答。他以为是这个学生表达不流畅，后来跟办公室的其他老师交流才获悉了情况。当时，教育部已经出台了听障学生参加高考时可以免除外语听力考试，按照笔试成绩折算成总分分值的政策，所以对于江梦南，他采取了和别的学生不一样的辅导办法，侧重练习她的阅读能力和书面表达，也更注意加强她对单词、语法等知识点的熟练掌握。

紧张的高中生活里，江梦南一门心思都扑在了学习上。她听不见老师的讲课，越来越难懂的学科知识也让她的思维时常跟不上老师的节奏，成绩也曾一度下滑，最惨的时候有次物理考试只得了 23 分。她着急过，但内心深处并不惊慌。她一次次地告诉自己：你已经长大了，总要独自去面对一些未知的困难，也要试着去解决一个个难题。听不见，这是无法改变的事实，但也给了她一个绝大多数人无法拥有的绝对安静的环境。

她永远都相信丑小鸭最终变成了白天鹅的故事，也明白不经一番寒彻骨，怎得梅花扑鼻香。于是，江梦南学习越发勤奋刻苦，班长蒋白露回忆高中几年，江梦南每天都是班上最早到教室的学生之一，每晚也几乎是最后离开教室的学生。

坐在江梦南后排的唐雅琪，是她的密友。唐雅琪既心疼更钦佩这个她每次一抬头就能看到的女孩子，自告奋勇地成了她的"翻译"。江梦南没看清的老师的口型唇语，课堂上来不及记的笔记，唐雅琪都贴心地帮她补充。妈妈江文革从家里打来电话时，唐雅琪守在旁边听着、记着，然后再把内容一字一句地告诉江梦南。周末时她们会手挽着手逛街，一起剪头发，一起分享喜欢吃的零食。唐雅琪叫江梦南为"江懂子"，江梦南则喊唐雅琪"懂子琪"。"懂子"是郴州地区的方言，是"二百五"的意思，却被她们用到了对方的昵称里。

紧张的、枯燥的却又通向未来的日子，在一堂堂听不见的课里悄无声息地过去，在一道道难解的练习题里道别，在一个个强撑着不能打瞌睡的晚自习里溜走。快满18岁的江梦南，也即将迎来让她期待也让她忐忑的高考。

2010年6月7日，江梦南第一次走进高考考场。

在此之前，明星学校负责高考事务的雷鹏程老师一边研究相关政策，一边紧张地准备、整理材料，再一级级提交申请，忙了好一段时间，终于让江梦南获得了高考英语听力的免考资格。

考虑到江梦南无法听到考试铃声，每场考试之前，雷鹏程都会及时打听到是哪几位老师监考江梦南所在的考场，带上教育局的报告向他们说明这个特殊考生的情况，又详细地把之前和江梦南约定好的开考信号告诉他们。

6月8日下午5点，最后一门外语考试过后，雷鹏程那颗悬着的心才算放了下来。

走出考场的江梦南一眼就看到了在警戒线外等候的父母。

她长长地舒了口气，抬头看了看远处没有一丝云彩的天空，露出一个笑容，向爸爸妈妈跑去。

等待分数揭晓的日子是难熬的。江梦南急切地想知道自己的分数，又害怕那一天马上到来。

6月25日中午12点，湖南省高考成绩及各批次录取控制分数线查询系统准时开放，梦南的心一下子剧烈地跳动起来。她好几次走近家里的电脑，却始终没有勇气开机。正好江文革有事去学校，梦南把在网上注册的用户名和密码写在纸上交给

湖南郴州明星学校2010届高72班毕业合影，第三排右七为江梦南

了妈妈。

不多时，江文革回到家里，看到女儿正在厨房里拿着菜刀切菜，却是一副心事重重、心不在焉的状态。她走到女儿身边说："南南，成绩查到了。"

江梦南没说话，只是抬眼看着妈妈。

"569！超今年湖南理科一本线2分！" 江文革也顾不得卖关子了，直接报出了分数。

"语文是多少？"

"99分！"

"我就知道语文没考好……"江梦南的眼圈一下就红了，泪水在眼眶里打着转。

江文革心里也不好受，这个成绩其实她已经很满意了，这是女儿给她带来的又一个惊喜。但她更知道女儿一直以来的梦想，是北京那所让所有考生都仰望的大学。

江文革不动声色地把女儿手里的菜刀接过来，放得远远的，再牵着女儿的手，把她带到客厅沙发旁边，按着她坐了下去。

"南南，你先休息一会，妈妈今天炒几个你最爱吃的菜。"江文革转身进了厨房。

江梦南呆呆地坐在沙发上，怔怔地注视着对面的墙壁，一动不动，眼里的泪水终于滑了下来，一滴一滴，一串一串。

也不知道过了多久，江文革端着丰盛的饭菜摆上桌。"南南，准备吃饭了。"没有回应，再一看，女儿还是之前的那个姿势坐着。

赵长军也兴冲冲地赶回家来，想好的安慰女儿的话到了嘴边，却欲言又止。一家人端坐在饭桌前，没人动筷子，也没人说话。

江梦南用手擦了擦脸上的泪痕，看着爸爸妈妈说，我想复读。

这次语文发挥失常，哪些地方是不必要的扣分她这段时间其实已经分析透了。

赵长军想了想，点了点头："嗯，爸爸支持你，先吃饭。"

听了他们父女的对话，江文革着急了。女儿这个成绩上省内的重点本科希望很大，比如湘潭大学应该可以录取。复读变数太大，谁能保证复读一年就会考得更好呢？复读一年比一年差的也大有人在。

一顿饭在一家人的心事重重下吃完了，谁也没有吃出这天中午饭菜的滋味。

铁了心要再复读一年的江梦南成功争取到了爸爸的大力支持。赵长军内心其实也不太满意这个分数，女儿的实力他知道，他坚定地认为女儿只要再努把力，一定会有更好的大学向她招手。

不管父女俩怎么说，江文革还是不同意女儿复读一年。从莽山到郴州上学，她同意了，那是盼着女儿以后能考个好大学。现在考了这么高的分数，超过了一本线，足以在省内读一个不错的学校，她觉得这已经是最好的安排。

复读还是不复读，按照家里民主投票是二比一。乐呵呵的父女俩去学校填志愿，江文革生着闷气一个人留在家里。

填什么志愿呢？江梦南有着自己的打算。一、二志愿她填了清华和北大，剩下的几个志愿她也是随意填了几个不可能录取的学校。赵长军问她为什么，她认真地告诉爸爸，自己既然已经决定了复读，如果还填自己能被录取的学校，那就占了一个录取名额，而这个名额可能恰巧会导致另一名考生没书读。

赵长军竖起了大拇指。女儿啊，你是真的长大了。

2011 年，又是一年高考季。苦熬了一年的江梦南这次考出了 615 分的好成绩，比前一次高考足足多出 46 分。在那届明星学校高考毕业生中排名第二，全校师生都被江梦南的事迹所震撼。

匡俊林老师教数学，是江梦南高中几年包括她复读期间的班主任，他给江梦南的毕业评语如此写道：该生几年来以顽强的毅力克服了严重的听力障碍，各方面都取得了很大的进步。个性坚毅，心态平和、开朗，上进心强，不甘人后，乐于助人并乐于接受他人的帮助。遵纪守规，积极参加各种有益活动，有强烈的集体荣誉感。学习刻苦，方法得当，基础扎实，学业水平考试成绩好；生活朴实，自理能力强。其自强不息的精神激励了全校师生，是一名优秀的高中毕业生。

江梦南用逆袭的方式给她的"高四"画上了一个完美的句号，她的拼搏进取和奋发上进，也给她的高中生涯洒上了一层耀眼的光芒。这个坚强的圆脸女孩，一时间成了明星学校的"明星"，从此激励着一届又一届的学弟学妹们学会坚持，学会自强不息。

"感动中国"
2021 年度人物
江梦南

ZHUIMENG TIANSHI
JIANG MENGNAN

第六章

向日葵的新"声"

跨越十七年的约定

又到填报高考志愿的时候，这次江梦南很慎重，她想报首都北京的学校。她从小就听爸爸妈妈讲了无数遍当年带着她在北京求医的往事，也记住了不少对他们一家有过帮助的人。天安门这个"福地"更是被爸爸讲得神乎其神。

赵长军冷静地分析了女儿的分数在全省的排名，又研究了在京大学历年在湖南的录取线，觉得填报北京的好学校不太保险。他沉思了一下，忽然对女儿说："南南，你还记得小时候听过的张海迪的故事吗？"

江梦南愣住了，张海迪的故事她从小就听了无数遍，在很长一段时间里她都把张海迪当成自己学习的榜样，尤其是那句"即使跌倒一百次，也要一百零一次地站起来"，更是她的座右铭，一次次激励着她从痛苦中突围。可这些又和高考志愿有什么联系呢？

她正想着，又听见爸爸说了一句：张海迪读研的学校是吉林大学。她这才明白爸爸的用意。吉林大学是教育部直属高校，论实力可以排入全国前十，又是偶像张海迪的母校，就冲着这份"渊源"，江梦南毫不犹豫就把第一志愿定在了吉林大学。

学校选定了，选择什么专业江梦南完全不用再花时间考虑。自懂事以来，她就立下了志向，那就是成为一名救死扶伤的医生，不再让别人经历她经历过的痛苦。后来通过了解发现，因为听力受限，自己不太适合临床医学相关的专业，于是她就把药物研究当作了自己的奋斗目标。

翻着吉林大学的专业介绍材料，她找到了药学专业，郑重地填在了志愿栏里。

2011年这个夏天注定留下许多美好记忆，江梦南收到了吉林大学的录取通知书。她细数着开学的日子，在网上搜索着和吉林大学有关的一切，心思早就飞到了那个离家2800公里的大学。

八月的潇湘大地，正是一年最热的时候。开学之前，江梦南和爸爸妈妈一起去了趟长沙，除了去看望她敬重的那位年事已高的舅爷爷之外，他们此行还有另一个目的。这一天，他们一家三口特意来到了位于芙蓉路上的湘雅医院。

望着人山人海的门诊大厅，赵长军和江文革唏嘘不已，感慨万千。十八年前，也是在这个医院，两口子听到了最不愿听到的消息，从此整个家庭陷入了一场艰难的长途跋涉。直到近年来女儿越来越不用他们操心，越来越阳光，他们的生活才一步步回到了正常的轨迹。

来到耳鼻喉科，赵长军向护士打听，陕加农医生在不在这里？

护士看了看眼前的三人，迟疑地问：什么事？有没有预约？

心情大好的赵长军乐呵呵地开了个爽朗的玩笑：今天没约，但我们应该是十几年前就约定过。随即又报上了家门，我们是郴州宜章那边的患者，今天来见一下陕医生。

看样子不是来找麻烦的，护士放了心，转身往里走去。不一会，赵长军就听到里面传出一阵略带惊讶的声音：是不是宜章莽山那边的？

护士走了出来，把三人带了进去。十多年没见了，赵长军和江文革还能一眼就认出眼前的陕加农医生，陕医生显得更加慈祥了。赵长军有些激动，动情地说："陕医生，我们今天是来感谢你的，谢谢你当年对我们一家的帮助。"

陕加农有些意外地看着他们，指着一旁的江梦南问："这就是当年你们抱在手里的那个孩子吗？"

江梦南走上前，甜甜地笑着，向陕医生道谢，又深深地鞠了一躬。她对陕医生没有什么印象，但听父母讲过很多次，这位和自己一家仅有一面之交的医生，曾经主动承担起帮他们邮购助听器器件的事务，让爸爸妈妈免于在莽山和长沙之间奔波，为当时拮据的家里省下了一笔不小的开支，她的善举一做就是好几年，直到自己耳郭定型不需要再频繁更换助听器为止。她

171

特别感谢陕医生送给她的小魔方球，当年在北京姑姑家，就是那个从她手里滚落在地的小球，让父母重新燃起了希望。

赵长军喜滋滋地说起这些年来江梦南的成长，说到今年还考上了吉林大学，陕加农既高兴又震惊。当年在爸爸妈妈怀里哭闹，怎么逗也没有回应的小女孩，如今长成了亭亭玉立的大姑娘，能顺畅地开口说话，还考上了这么好的大学，她真心为这一家子感到开心，连说了几个"没想到"。

陕加农听着他们一次次地道谢，摆摆手：这都没什么，举手之劳，我也是能帮的就帮。

"能帮的就帮"，几个轻飘飘的字，更让赵长军感激不已。是啊，能帮的就帮，能帮的也可以不帮，那段灰色、痛苦的岁月里，正是因为碰到了这么多在可帮可不帮中选择了"能帮就帮"的好心人，他们这个家庭才更有信心走过来。

最美的年华

2011年秋天，江梦南告别父母，一个人坐了三十二个小时火车来到了长春。初秋的长春已有了凉意，她打量着这个陌生的北方城市，心里有好奇，也有一丝惶恐。等坐上校车进入吉林大学的那一刹那，她才真正意识到，这就是她的大学，未来的四年里她将在这里度过。

短暂的新奇过后，江梦南很快就投入紧张的学习中。对学习她始终饱含着热忱，从没缺席过一节课。课堂上，她一如既往地通过老师的口型来"听"课，也一如既往地跟不上教学节奏，更是一如既往地靠着自学把知识消化。来自天南地北的同学中，渐渐地，有不少人知道了她的情况，也会和她的中学同学一样热心、贴心，帮她补齐她无法及时记下的课堂笔记。

江梦南学的专业离不开实验操作，化学、生物等方面的实验不仅多而且重要。老师讲解实验时，通常是一边讲授实验要点、重点、难点，一边动手示范。对其他同学来说，这是最理想的模式，但对江梦南来说，却成了她学习中应对起来最吃力、最困难的部分。即便是老师把她的座位安排在最前排，但在看口型的同时还需要记住老师的操作步骤，她简直是应接不暇，十分吃力。这时，老师会耐心地解答她的问题，旁边的同学也会为她解说实验的内容。

她知道自己的劣势，大学课堂的知识越精深，她就越需要跨过比以往更多的坎坷，越需要多看书、多思考。比别人慢一点不要紧，只要一直坚持着往前迈步，她就不会掉队。笨鸟况且知道先飞，她又有什么理由不飞呢。

在吉林大学四年本科期间，江梦南通过了大学英语四、六级考试。高考英语她可以免考听力，但四、六级没有这个针对听障考生的政策，而且听力分数所占比重高达35%。从报名那一刻起，江梦南就下了决心，就算是放弃听力，纯靠笔试成绩也要拿下四、六级。为了在日常生活中提高英语水平，她坚持看英文杂志、英文名著，学习累了就打开电脑看看美剧，尝试着用英语和别人对话，沉浸在自己营造的英语环境中。

在不懈努力下，她以430分的笔试成绩通过了英语四级考试，再接再厉又报考了英语六级考试。六级比四级词汇量更多，难度也更大，但她仍是满腔激情地备考。第一次考了410分，还差一点，她就背更多的单词，看更多的英文名著，最终以505分的成绩把英语六级拿下了。

四年大学，她不敢让自己清闲下来，教室、自习室、图书馆、

江梦南在吉林大学求学期间，连续三年获得校级奖学金，连续两年获得东荣奖学金，还获得"白求恩医学奖学金"。她还获评吉林大学"自强自立大学生标兵"荣誉称号，父母受邀来到学校参加表彰大会

树荫下的长凳上都记录下了这名勤奋学生的足迹。没有白流的汗水，没有白熬的长夜，连续三年的校级奖学金、连续两年的东荣奖学金，以及"白求恩医学奖学金"，这些都让江梦南的辛苦付出发出了光。大三那年，她还获评吉林大学学生最高荣誉之一的"自强自立大学生标兵"，她的事迹感染、激励了数万名吉林大学学子。

在忙碌的学习之余，江梦南和同宿舍的几名同学在朝夕相处中结下了深厚的友谊。她们喜欢开朗、爱笑的梦南，出门逛街时，大家会心照不宣地把她往靠里的那边挤，生怕她因听不见而受到一点伤害。江梦南的手机响了，无论谁在身边，都会先帮她接听再向她转述。她们有什么心里话总喜欢跟梦南讲，不开心的事也会和她分享，她们只要一看到那张洋溢着笑容和阳光的脸，心里的郁闷就已经消了大半。而只要有人向江梦南倾诉，她就会一本正经地搬个小凳子坐下，戴上眼镜，抬着头看着对方。这严肃的模样一下子就能把人逗乐，讲述起来就更没压力了。江梦南喜欢倾听，偶尔插上几句话，却往往能讲到点子上。人际关系、学习困惑她都能给对方提出建议，就连别人吐槽的感情问题，她也像解决学术问题那样分析得头头是道。

爱美是女孩子的天性。江梦南的审美品位高，眼光也好，是不少人的"形象设计大师"，同宿舍甚至其他宿舍的同学有时还跑过来向她请教如何穿衣打扮，她都认真对待，从色彩搭配、个人气质等方面提出中肯的建议。她自己也学会了化妆，短短五分钟的描抹勾画之后，本就清秀的她，越发清新淡雅又阳光热烈。

学习和生活渐入佳境的江梦南，还积极向党组织靠拢，在吉林大学期间，她光荣加入了中国共产党。当举起右手，站在鲜红的党旗前宣誓那一刻，江梦南突然产生一种自己个人命运和国家、民族前途命运紧密相连的神圣感和责任感。这一路走来的曲折和艰辛，与党和国家的发展历程是何其相似，经历了绝望和痛苦，却始终没被击倒，在苦难中涅槃，最终走向越来越光明的明天。

大三快结束的时候，江梦南如愿以偿地获得了本校保研资格。但她心里，却一直有一个梦想。这个梦想支撑着她在第一次高考上了一本线后仍然选择再战，也支撑着她在大学期间孜孜不倦地啃下一本又一本难懂的学术专著。

她说：我有一个梦想，那就是成为中国几千万听障者中第一个走进北大的学生。

因为这个梦想，在保研推免时，她参加并通过了北京大学夏令营的笔试和面试，也拿到了北京大学的拟录取函。

世间不如意是常有之事，总有许多遗憾和不完美。因种种原因保研北大未能如愿，江梦南决定参加研究生统考并取得优异成绩。

吉林大学的领导和老师也及时伸出了援手。学校党委书记杨振斌关注了这个事，他被这个从小失聪却矢志不渝的学生感动。杨振斌说："江梦南不但为吉大学子树立了榜样，也通过顽强不懈的努力为身有残疾的学生树立了榜样。学校有责任、有义务去关爱、帮助这一特殊个体，不让她在求学路上掉队。"

2015 年，在政策允许的情况下，江梦南被调剂回吉林大学读研。

硕士时期，江梦南的导师是吉林大学的杨晓虹教授，杨教授是江梦南求学路上的又一个"恩人""贵人"。

江梦南之前报考的专业，有不少化学实验要做，她听力受限，操作起来有安全隐患，杨教授帮她及时调整研究方向，把她送到吉林大学理化所学习计算机辅助药物设计。

江梦南研究的课题内容中有个部分叫定量构效关系，身边没人做这个研究，但她还是勇敢地选择继续下去。为了完成课题，她自学了编程语言，又自学了多个软件。遇到专业上的疑问就向师兄师姐请教，大家都乐于帮助她，耐心地给她解答。有时候说一遍她理解不了，就放缓语速再重复一遍、两遍，直到她弄懂为止。有些实在难以口头交流的，他们也会不厌其烦地拿出纸和笔写给她看。

老师和同学的帮助，让她的科研之路虽然艰难但不孤单。她完成了课题，还发表了影响因子为 3.123 的 SCI 论文。这篇高质量论文，也为她日后进入清华大学攻读博士学位发挥了积极作用。

2018 年是江梦南收获颇丰的一年，她撰写的《ALK5 抑制剂的分子设计和分子动力学模拟》一文被评为吉林大学优秀硕士学位论文，同时，她还获得了吉林大学年度"自强自立研究生"称号。结束硕士学业的她，顺利通过了清华大学的博士研究生面试。

6 月 22 日这天，在吉林大学 2018 届毕业生学位授予仪式上，她接过学位证书，和母校恩师合了张影。她甜甜地笑着，目光搜寻着坐在台下的父母，他们目光交集的那一刻，过往所有的

功夫不负有心人，星光不负追梦人。江梦南在吉林大学顺利完成了她本科和硕士研究生的学业

泪水、汗水都化作心头最甜蜜的幸福。

又一次告别，江梦南站在吉林大学校训石刻前，眼睛里是"求实创新，励志图强"八个红彤彤的大字在阳光下折射出的耀眼的光。对于吉大，她心怀感恩。七年来，从入学到毕业，从师长到同学，都让她感受到了浓浓的关怀和尊重。在这里，她感受到了母爱般的温暖；在这里，她的求学时光成了她生命中最美的年华。

如今，也是在这里，她即将再一次出发。

向日葵的新"声"

2018 年夏天，江梦南被清华大学录取，攻读博士学位，继续她在医学领域的追求与攀登。

在此之前的一个多月，她接受了右耳人工耳蜗植入手术，时隔二十六年之后，她终于清晰地听见了这个世界原本的声音。

其实早在 2010 年，"全国民族团结进步行"活动来到郴州，可以为江梦南免费植入人工耳蜗。他们一家人兴奋了，但赵长军和江文革咨询了长沙的医生，得知手术存在一定的风险，医生也不建议做。更何况，经过十几年的言语康复，江梦南当时已经完全掌握了一套与他人交流的方法。当时，江梦南正全心全意在备战高考，经过再三考虑，她和父母商量决定把这个机会让给一位更合适动手术年龄段的听障儿童。

进入大学后，江梦南也曾主动了解过人工耳蜗，但印象最深的是一则国外的新闻：一名男生做人工耳蜗手术失败，取出耳蜗植入的芯片时又不小心伤害到了面部神经，从而导致面瘫。

2018 年 8 月，父母陪着江梦南来到中国最高学府之一的清华大学报到，在这里开始了她新的追梦之旅

从此"人工耳蜗"这几个字在她心里留下了阴影。

2018 年，人工耳蜗技术已臻完善。长春一位医生得知江梦南的故事后大为感动，辗转把她请到了自己的诊室，劝说她植入人工耳蜗。她担心手术失败带来的风险，任医生如何劝说也不为所动。

"你已经走这么远了，为什么不试试看自己的人生还有多大的可能性？"

最终，医生的这句话打动了她。

江梦南再一次和父母沟通，他们的顾虑也逐渐消散。得知江梦南决定接受人工耳蜗手术，吉林大学立即着手准备，经过吉林大学附属第三医院徐冬冬教授等专家的全面会诊和研究，确定了最终的治疗方案，并从北京同仁医院请来全国耳鼻咽喉头颈外科著名专家韩德民院士为江梦南进行人工耳蜗植入手术。

赵长军和江文革也赶到了长春。这是全家的一件大事，也是父母心中最大的牵挂。无论手术成功与否，他们都要陪在女儿身边，要么一起拥抱，要么再次神伤。

2018 年 7 月中旬，江梦南的右耳植入人工耳蜗。

手术之后伤口有一个月的愈合期。清华大学考虑到她术后需要安静的环境，准备把她安排住到留学生宿舍，以便她妈妈可以同住，方便照顾，但她婉拒了学校的好意——无论什么情况，她都希望自己被当成一个正常的普通人。

在这一个月里，江梦南做了好几次噩梦。即使懂事起只有无声的记忆，但梦里手术失败的恐慌还是一次次地把她惊醒了。醒来后，她却很快就平静下来，又在对声音的憧憬里安然睡下。

8月，北京同仁医院，人工耳蜗准备开机。

对这所医院，赵长军夫妇也不陌生。那一年，他们风尘仆仆抱着女儿也来过这里，又带着近乎麻木的失望离开。这一次，等待他们的又是什么呢？

听力师打开了江梦南的人工耳蜗。

没有声音，"手术失败了吗？"她脸上的汗珠涌了出来。

听力师告诉她：你的双耳从来没有听到过声音，突然开机对大脑神经会有刺激，所以现在音量调的是最小阈值。

她这才安下心来。

经过不断的适应，循序渐进，声音一点点大了起来。她突然怔住了，通过芯片传到她脑海里的，难道就是一直以来梦寐以求、无比期待听到的"声音"吗？

她听到了医生向她表示祝贺的声音，却是一脸茫然。

但终归，无尽的喜悦还是蔓延到了全身。赵长军和江文革紧紧抱住女儿，一家人喜极而泣，埋藏了二十六年的渴望在这一瞬间复苏了。

带着植入的人工耳蜗和梦想，江梦南走进了清华园。她的世界，从此有了声音，而她，也有了更为高远的理想。

有声的世界，原来是如此喧嚣而又鲜活。这才是这个世界原本真实的样子，让她新奇，但也让她难以适应。她对这个世界的声音实在太陌生了，一个水瓶子倒地的声音都能把她吓得够呛，更不用说走在路上时人群的嘈杂声、汽车的喇叭声。她甚至有点怀念以前那种绝对无声的寂静了。

最让她不适应的，是别人说话的声音。这些年来她开口说了无数的话，但从来都不知道说出的每个字到底发出的是什么音。和人交流的时候，如果不看口型，她根本就听不明白他们嘴里所发出来的那些声音到底对应着什么意思。

她对声音的所有理解，都只铭记在自己的脑海里，储存在一个个她能认出的、写出的文字上。

为了帮江梦南重新建立文字和声音之间的联系，赵长军、江文革坚持每天和女儿通视频电话，先给她发一份当天要练习的内容，然后遮住嘴，按着顺序念出来，让她一个一个地分辨、对应。逐字、逐词、逐句地练，一如当年做言语康复训练的时候。

二十六岁的江梦南已经记不起小时候爸爸妈妈教她说话的情景了，但通过这样的"视频教学"，她会在某些瞬间忽然恍惚，仿佛又看到了自己坐在爸爸妈妈怀里对着镜子一遍遍练习说话的样子。父母的爱和伟大，原来是这样刻骨铭心。

江梦南第一次尝试听音乐，选择了张韶涵的《隐形的翅膀》。这首歌曾经伴随了她的青葱岁月，十五岁那年，她记住了歌词的每个字，也无数次幻想着自己"所有梦想都开花"的那一天。旋律缓缓传入耳中，她平静地听完一遍，又点了循环播放，一直听，一直听。

江梦南在清华大学的标志性建筑物前留影

她也去听了周杰伦的歌，这是当年更火的歌手，也更蛮横地出现在她的少年时代。可听了几首之后实在听不下去了，哪怕她能记住那些歌词，却实在没办法把词和曲联系在一起。后来她的事迹被发到了网上，"听不懂周杰伦"似乎也成了一个哏，有网友留言"不怪她听不懂，我听了十几年都没听懂过"，惹得她哈哈大笑。

一个周末的清晨，她在清华大学食堂吃完早餐后去骑单车，正低头找车，一阵"布谷、布谷"的声音把她吸引住了。她抬起头，四处循声找着，脑海里迅速搜索着这是什么声音。又是几声"布谷、布谷"传来,她眼睛一亮——这是布谷鸟的叫声。她停下脚步,仰头望着树林,望着天空,那一刻时间仿佛静止了,阳光直直地洒下来,她眼里的一切都散发着温柔的亮光。她想起了自己名字的由来,还有什么比这更加"岁月静好"的呢。

江梦南慢慢适应了这个有声的世界,也适应了博士阶段的学习、生活,忙碌而充实。一切都和以前一样,一切又和以前不一样。

她在清华大学的室友李乐,以前就在网上看到过江梦南的事迹,得知这个坚强的女孩子要成为自己的室友后,也曾为如何与她相处有过担忧。李乐在心里设计了好几种和梦南交流的方式,第一次见面该怎么说话,日常相处时有哪些是要注意的……可当见到江梦南本人的时候,她只觉得,"哇,这就是一朵向日葵盛开在面前。"

长在心底的善良

　　《中国研究生》杂志曾经发表过江梦南一篇文章，结尾她写了这样一段话：

　　我们必须拥有扬在脸上的自信，长在心底的善良，融进血液的骨气，和刻进生命的坚强。

　　自信、善良、骨气、坚强，是江梦南一直以来的人生追求，时至今日，也成了她为自己写下的注脚。

　　命运的重压之下，她凭着自信、骨气和坚强，一路蹒跚而又坚定地勇往直前，最终走向人生的高光时刻。而善良，是她在还未满三十岁的年龄阶段努力开出的一朵最艳丽的花。

　　童年时跟着父母天南海北四处艰难求医的过程，她已经忘得差不多了。她对于那段经历的所有记忆，都来自父母的转述。看着父母的口型，她学会了开口说话，也记住了一个个给过他们帮助的人。

　　正是那些温暖的人、温暖的举动，如一束束光照亮了她，在她的幼小的心里种下了一颗助人的种子。

淋过雨的她，仍想着为他人撑伞。

大一那年，她加入了学校阳光志愿者协会，成了一个热心社会公益活动的积极分子。她特别喜欢参加保护环境类的志愿活动，"节约吉大""地球一小时"等活动都有她的身影。一个人的力量可能微弱，一次活动带来的影响可能微不足道，但她乐此不疲地参与其中，让自己的生活更充实，也为社会贡献出自己的一点力量。

江梦南立下的第一个志向，就是长大后要当一名医生，只为不再让别人再经历她曾经经历过的痛苦。后来因自身听力原因，她只能报考药学，又转向研究计算机辅助药物设计，最后入清华钻研生物信息学——她的研究之路始终在生命健康领域延伸，救死扶伤的初心从未改变。

二十六年失聪的经历，在她内心永远都难以释怀。植入人工耳蜗后，她更能切身地感受残障人士的无助。清华大学有个学生无障碍发展研究协会，创始人是坐着轮椅上清华的云南小伙矣晓沅。加入协会后，江梦南遇到了一群和她志同道合的人，也看到了学校和老师对"无障碍"的大力支持。学校多个部门从残障同学的实际需求出发，对宿舍楼、教学楼进行了无障碍改造；无障碍发展研究院的老师和协会的同学们努力为"无障碍"理念的普及和校园无障碍环境的建设四处奔走。

江梦南的偶像张海迪有一个愿望，"让爱护无障碍设施成

2020 年 9 月 22 日，第十五届中国信息无障碍论坛暨全国无障碍环境建设成果展示应用推广活动在杭州举办。江梦南作为四名代表之一在会上宣读《做"无障碍天下"使者倡议书》

为道德规范和公民自觉"。从吉林大学到对"无障碍"的关注和践行，如今的她，一步步把足迹踏在了偶像的轨迹上。

2018 年，江梦南作为学生代表参加无障碍发展国际学术大会并发言；2020 年，她当选为清华大学学生无障碍发展研究协会会长，并作为核心成员之一起草《做"无障碍天下"使者倡

江梦南上大学之后，每次放假回家乡宜
章县，都会抽出时间去当地的特教学校看望
那里的孩子们，和他们互动交流

议书》，倡议书在第十五届中国信息无障碍论坛暨全国无障碍
环境建设成果展示应用推广活动上对外发布。江梦南在现场宣
读倡议书时说："作为'无障碍天下'使者，我们的使命是做
无障碍的普及者、研究者、行动者、推动者和奉献者，为无障
碍的建设奉献我们的青春和热血，让无障碍'花开满园'，让
每个人独立、平等、自由地参与社会生活。"

"不让一个人掉队"，最大限度地减少或消除信息交流的
障碍，让所有人都能共享信息革命所带来的红利，共享新时代
科技与人文相融的温暖。在清华大学攻读博士的这几年，繁重
的学业和科研之余，江梦南和协会成员一道积极投身无障碍建
设，不断为残障人士发声，组织无障碍论坛、无障碍理念体验
等多种活动，身体力行向公众普及无障碍理念。

一路走来，江梦南得到了无数人的关注和帮助，时刻感受

应郴州市六中的邀请，江梦南回母校和学弟学妹们分享自己的成长经历，鼓励他们珍惜时光、勤奋刻苦、努力学习

着爱的温暖。她相信爱是力量，能把不可能变成可能。她更相信，爱不是一味地接受，爱最神圣的意义，是给予，是付出。

自从她考入初中开始，她的名字和事迹就开始逐渐为人所知。她只顾低头赶路，没想过自己慢慢变成了一道可以照亮别人的光。

2003 年，宜章县的退休老干部邓盘瑛作为县关工委副主任到莽山民族学校收集学生情况时，第一次了解到了江梦南的情况，从此一老一小成了忘年交，邓盘瑛老人一直关注着她的成长，为她取得的每一个成就感到由衷的高兴。上大学后的江梦南，每次放假回家，都会特意从莽山抽空到县城去看望邓盘瑛爷爷，然后再和宜章的公益组织一起去特教学校跟孩子们互动，分享自己的成长经历，鼓励那些小朋友积极乐观、向善向上。

在反馈回来的信息里，江梦南逐渐意识到，自己的分享对不少学生的成长起到了积极作用。那些热泪盈眶的感动，让她明白了自己奋斗经历的价值和意义。

2018 年，江梦南回到母校郴州六中看望班主任李雪老师。李雪带着她来到以前的教室，让她给学弟学妹们说几句勉励的话。在这间江梦南当年学习的教室里，李雪和学生开玩笑，说他们可以"沾沾她的仙气"，随即又解释——只有在学习上、生活上永远保持奋勇拼搏、克服困难的劲头，才能走向成功。

学校专门邀请江梦南做一场励志演讲，她没有拒绝。对这所给了她起飞梦想的学校，她始终牢记心间。想到分享自己的

2018 年 7 月 4 日，江梦南受邀回家乡宜章做了一场事迹报告会，会后现场的学生围着她"追星"，请她签名寄语

江梦南回母校郴州明星学校参加
公益分享活动，与学弟学妹们合影

成长故事和学习经验，能够给这些和她当年一样为了理想奋斗
的学弟学妹们带来哪怕一丝的激励和启发，她觉得自己理所应
当，责无旁贷。

她在台上发言，背后的电子屏播放着她精心制作的PPT，
台下坐着学校部分领导、老师和部分家长，只有两三个月就要
参加中考的初三学生全部到场，其他年级的每个班抽取部分学
生参加。

讲到动情处她泪流满面，台下四处都有哽咽之声。这些学
生和家长们都只知道一个听不见的女孩考上清华博士的事迹，
却没想到这个传奇的背后竟是艰辛、伟大的父母之爱，是无声
世界里二十多年始终无间断的艰难和坚持。

不少学生眼含热泪轻声念起了冰心《繁星·春水》里那首

著名的诗：成功的花，人们只惊艳她现时的明艳！然而当初她的芽儿，浸透了奋斗的泪泉……

演讲完后，李雪流着泪走到台上，紧紧抱住这个让她心疼更让她骄傲的学生。

台下掌声雷动，经久不息。

2018年7月4日，刚刚考上清华大学博士研究生的江梦南被邀请回家乡宜章做了一场励志事迹报告会。宜章县二完小五年级学生张锦捷坐着轮椅来到了现场。听完后他的双眼湿润了，这位大姐姐的坚持和勇敢感染、激励了他。他说："要以江梦南姐姐为榜样，克服自己腿残的困难，努力学习，将来成为有用的人！"

江梦南的经历和事迹，如一条历尽千辛蜿蜒流转最终奔流入海的清澈溪流，给这个忙碌而浮躁的社会带来了清新，也带来了启迪。越来越多的学校和机构邀请江梦南去做演讲，只要时间允许，她都欣然前往。

在参加"枫林课堂走进偏远地区高中校园"公益活动中，江梦南来到湖南南部的江永县第一中学，她分享自己的事迹后收到了不少学生递给她的小纸条，有几张是请教学习方法的，更多的则是表达对她的钦佩和受到的感染。

"用眼睛聆听世界，用心灵打动未来。""梦南姐姐，喜欢你眼睛里的光。""前方有光，感谢你们的到来！"

一张写着"你一定会成为最好的白天鹅"的纸条，把她的梦南学姐：

喜欢你甜美的笑容

希望你天天开心，喜乐安康

赵陈夏💗

江梦南姐姐：

希望你，越来越好！

加油～

文科
1608
蒋羞星

用眼睛聆听世界

用心灵打动未来

李思陈

梦南姐姐. 喜欢你眼睛里的光 ☆

又梦南学姐：

你虽然处于一种困境中，
受着我们常人所不能
的挫折与磨难，但你却
没有因此而放弃自己，你的
故事激励着我，我想我没
有理由不努力。

希望学姐可以每天开心的
。（悄悄告诉学姐，学姐长的
很漂亮哦，很美）

😊😊

1609
牟佳音

江梦南师姐：

谢谢你带给我们的鼓舞，听了您的演讲，

我很感动。

我想送给您一些话：

感恩的心，感谢有你们

因为有你们，让我们在四周考完第二楼

的浓在为了一定的理想

习能在最低谷的时候，有过一定的迷茫和困惑

但是听了你们的分享后

我有了新的希望和目标。

希望和你们成为好的朋友

愿枫林公益越来越好

希望学姐学长也能开心。

记住我吧

祝你们永远快乐！

——我是来自1607班刘禹辰

梦南姐姐：

真的很喜欢你呢！

人们都说：上帝在为你关
上一扇门的时候就会为你打开
一扇窗。但我觉得，你没有
等待上帝来为你开窗，你是用
自己的力量把那扇门踹开了，
真的是很赞呢！

希望你可以继续继续这么
赞地前行！ 加油！

江梦南同学师姐：

梦南，我在听了您的人生经历后，感触非常深。您的故事给
很大动力，和您同样，无论有一个很伟大的梦，真的，和路相比
在泥泞里生活，还是在学中，我们真的更容易。所以，感谢有您
在高三生活中让我们认识您，属到幸福。 顺带一下，我叫
祝你开心，幸福！☺ 孙毅鸿，属同江苹

你一定会

成为最好的自天鹅！

江华一中

学长学姐们辛苦了！

尚方有光！

感谢你们的到来. ☺

2019.1.26.

江梦南学姐：

听了您的故事与历程，使我受益很多。
我一向对药学感兴趣，你的分享，让我更坚定了
很多. 我想说：谢谢你。

除此我想送你一句话，也是我喜欢的

既选择了远方，又何惧风雨兼程

愿你的人生更精彩！

孙宝花

江梦南在江永县第一中学做事迹
分享会之后，在场的人深受感动，许
多学生纷纷拿出纸笔写上心中的感想
递给她

思绪一下子就拉回到了当年一本接着一本地做题的场景。那时的她，趴在桌子上写着一道道或陌生或熟悉的题，写得累了就看看外面，屋外繁茂的树枝迎风摇曳，明晃晃的阳光正在枝叶间跳跃着，仿佛精灵。

当时的她还不会形容，在神话故事里天地初开就是这般模样，胎儿在母体内也是如此情形。

一切，都是在孕育着无数种新的生机勃勃的可能。

尾 声

不被大风吹倒

写到这里，意味着这本书快要结束了。

文学创作其实是个体力活，特别是纪实文学创作还需要进行大量的采访和田野调查，就愈加不轻松，所以每一本书写到尾声的时候，我都如释重负。这几个月的写作中，我把主人公的经历铺陈纸上，用一个个字来勾勒她一步步向前的足迹，到这里就戛然而止，又不免意犹未尽，心中怅然若失。

总觉得还有很多内容没有写进去，还有很多故事没有讲完就已经要结尾了。这样一个励志的人物，我似乎描写得过于平常、单薄，没有把她这一路自强不息的经历淋漓地表达出来。

这样的写作，这样的篇幅，或许不够充分，或许表达还不够完整，也或许没有把主人公的形象以及她的精神完全展现出来。书写中，我花了很多笔墨和心思去写她曾经的难与苦、哀与伤，让整本书似乎变得沉重，只顾着表现她的坚强勇敢，却很少触及她成长过程中的童稚和喜乐。

其实，她的童年和大多数小朋友是一样的。是的，那时候她的世界里没有声音，也没有声音的概念。在刚懂事的时候，她或许觉得，世界本就是如此安静，她和别人并没有什么不同，哪怕耳朵里塞着经常让她感觉不适的助听器。但是她依然一直都有着和其他孩子相同的快乐、童稚、天真、调皮。

甚至她也挨过母亲的打。时过境迁，如今回忆起来却是满满的关爱。大概是江梦南读小学三四年级时候的一个周末，她吃过午饭后没有和家里人打声招呼，就跟几个小伙伴一起去了离家三四公里的地方玩耍。临近天黑也不见人影，家里人心急如焚，四处寻找，经过多方打听才得知他们的踪迹。天色逐渐暗了下来，江梦南小心翼翼地在家门外那条长长的过道上往家的方向轻轻地挪动脚步，发现母亲满脸严肃地端坐在家门口一言不发，她出门未告知家人，自知理亏，在门外低垂着头不敢进屋。江文革看见女儿回来了，悬着的心终于放下，冲上去就是几巴掌拍在她肩膀上、腿上。"找了你一个下午，你不知道我们担心你！""你让我们找得好苦！""你还晓得回来！"一边打一边说，那次母女俩都哭了，打在女儿的身上，痛的却是母亲的心。

江梦南很小的时候，有段时间他们家里墙上曾挂着一根竹枝条，母亲称之为"家法"。那是母亲特意从茶园旁边的竹子上折下来的，细细的，很有韧劲，打起人来很疼。有次趁着父母外出，江梦南把枝条取下藏了起来。母亲回来发现"家法"不见了，就问她枝条去向，她故意说"家法"挂墙上那么高她拿不到，不知道哪里去了。谁知母亲轻飘飘地自言自语地说了一句——"不见了就不见了，再去竹林折一根更大的就是了"。待母亲进了厨房，小小的江梦南不动声色，悄悄地将竹枝条挂回了墙上。

还有一个冬天，江梦南看到有位同学穿了一双粉红色的新鞋子上学，回家后她跟母亲说也想要一双。母亲找遍莽山当地仅有的几家鞋店都没有找到那种相同或接近的鞋子，只好买了一双黑色的棉鞋给她。江梦南开始心里有些失落，但是这双鞋子穿了几天后，她突然想明白一个道理：鞋子不管黑色还是粉红色，最重要的是暖和，这双棉鞋也代表妈妈的一份爱。她将母亲这份沉甸甸的爱写进了她的日记里，也深深地刻在了她的心里。

这样的琐事还有很多。我没有把这些故事一一写进前面的书稿里。最初从她父母口中听到这些过往经历时，我只是被逗笑了，现在才意识到，正是因为有了这些与"坚强、勇敢"无关的生活细节，才真正构成一个完整的真实的瑶家小姑娘。她的聪慧、自强自立是真实的，她的顽皮包括自以为得计的小机灵，也是真实的。

也正是因为这些如题外话一般的讲述，那些年里的赵长军、江文革，才是人间烟火气中的平凡一员，就是我们身边的普通人，有个活泼可爱的但听力有些障碍的孩子，他们一开始绝望，然后沮丧、灰心，再无计可施、无可奈何地被迫接受，最终把这一切过成了平静的生活。他们说，自己并不"伟大"，也不想伟大，只是和其他父母相比，多一点累，也多一点泪而已。

江梦南获评"感动中国"2021年度人物后，网络上传播着很多有关她的事迹报道和视频，她的父母每看到一篇，就会互相传阅，哪怕内容相差无几他们也看得津津有味。网络链接底下的留言和评论也是必看的，有人赞扬、钦佩这个勇敢、阳光、最终逆袭的女孩，也有不少人表达着对她父母的尊敬，凡涉及这对父母，"有爱"和"伟大"是两个高频出现的词。

面对无数的赞美，作为父亲，赵长军显得特别谦逊。尤其是"伟大"这个神圣、沉重的词，会让他觉得"自己只是做了一位父亲应该做的事情，尽了应尽的责任，仅此而已"。

我相信网友们的留言是发自内心的，也同样相信赵长军的谦虚也是发自内心的。即使是在带着女儿四处奔波求医的那几年，找朋友借钱过年的窘迫时刻，他的内心仍然保持了某种清高，只是这份清高被他压缩成了几乎不可见的模样深藏心底。而清高的人，是不善于使用谦辞的。

江文革同样也是一位普通的母亲，只是因为女儿的特殊，不得不更温柔、更细腻。身为人母的特征她全都具备，女儿听话、懂事的时候她比谁都高兴，但女儿有时淘气了、调皮了，"唱黑脸"最多的也是她。她在阳台上种满了花花草草，点缀着家里的这

为了写作本书，作者前后三次去莽山采访。图为作者和江梦南父母一起去她家的茶园查看茶叶长势

方天地，也常常带着女儿在自家的菜地里拔草劳作，侍弄蔬菜。我在采访中有次跟江文革一起择菜，她说："以前家里的蔬菜自给自足之外还有剩余，经常带着女儿去给邻居送菜。其实培养小孩就像种蔬菜，要把秧苗的根扎在土里压实，这样才能茁壮成长。"

采访越深入，我就越深切地感受到赵长军、江文革对女儿的那份爱心、耐心、恒心和细心。他们曾几次强调，在教女儿说话的这件事上，哪怕一个字要重复成千上万遍，哪怕女儿有时候闹情绪了不想练，他们从来没有发过一次脾气。2018年中央电视台主持人董倩去他们家里采访时，问道，教孩子发音时你们是如何做到这么耐心的？赵长军感慨地回答，孩子愿意跟着学并且能发出音来，对他们来说，"已经是比中了五百万彩票还要高兴的事了，为什么还要发脾气呢？"

为了写作这本书，我前后去了三次莽山。去江梦南曾经上学的校园实地探访，跟她父母一起去她家的茶园查看茶叶长势，也在他们家里感受了包饺子等日常生活的乐趣，就像面对两位慈祥的自家长辈一样和他们聊天。江梦南小时候的很多事情，有的是她父母在接受媒体采访时我在一旁听到的，隔着电话，他们足够放松，也不必刻意组织语言；有的是他们看到家里的某个物件时漫不经心说起的。

中国式父母最深刻的记忆，往往都跟孩子相关，赵长军和江文革也不例外。自江梦南前往郴州读初中开始，她在家里居住的时间就不那么多了，但她少年时期的点点滴滴，只有这间房子和她的父母记得清清楚楚。

江梦南家里至今还保留着一沓泛黄的粉白纸，大部分是一片空白，有几张密密麻麻地留着他们一家三口三种不同的字迹。江梦南读小学时，她的父母经常跟她在纸上"聊天"。赵长军专门去买回了全开的粉白纸，裁切成A4纸张大小后再装订成册。生活中发生的事，新闻里看到的事，什么是对，什么是错，怎样做才是正确的，一家人拿着不同颜色的笔在纸上你一句我一句地讨论。有时候为了节约纸张，他们先用浅色的笔写，写完了再用深色的笔，这样一张纸就能多使用一次。几年下来，写完的粉白纸不计其数。江梦南上初中后，这样的纸上交流陡然变得稀少，只有寒暑假回家时才偶尔如此交流一番，上大学尤其是植入人工耳蜗后，那些没写完的空白纸就彻底失去了其"用于交流"的作用。但赵长军和江文革还是舍不得扔，一直放在家里，即便是再无使用的可能，每次看到总会拿起来摩挲、端详。他们印象中最难忘的，是在寒冷的冬夜里一家人围着桌子静静地坐着，你看你的书，我备课我的课，她写她的作业，桌子下火盆里的炭烧得通红，升腾的热气让寒夜里的这个家变得格外温暖。

这一个个小故事，此刻似乎在我眼前活灵活现地轮番上演着。或许，这才是这一家三口最真实、最自然的状态。生活中的励志，最终成了励志的生活。所以，这样一对平常中透着不平凡的父母，培养出一个真实而又不普通的孩子，一切都说得过去，一切都是水到渠成。

"世界以痛吻我，我却报之以歌。"从这样的家庭中走出去的江梦南，已经没有任何困难可以把她击倒了。在外人眼中，生活里的磨炼、学习上的攀登，足以让绝大多数人在抱怨中认命，在痛苦中选择"躺平"。但这些，对她而言都只不过是前行路上必须要迈过去的坎坷。她早已接受并习惯了命运的不公，把种种磨砺看得轻而又轻，把奋斗和坚持当成过好每一天的日常。如果非要说她有什么倚仗，那就是她时刻都能感受到并完全拥有的——来自父母的爱以及她心中的信念。

在中央电视台"感动中国"2021年度人物颁奖盛典现场，江梦南心中想得最多的也是感谢她的父母。她说："这份荣誉，起码有三分之二是我父母的。在我人生的开端，也是我人生最困难的那些日子，是他们支撑着我一路走来。"

这就是她能一路走到今天的力量源泉吧。三十年前，当命运的大风吹来，父母凭着坚强的不抛弃不放弃的念头，紧紧抓住了她的手，没等风停，又默默地注视着她慢慢地把脚伸向风里，再一步步地向前走去。前方的风大不大，未来有没有风，三个人谁也没有去想，只是日复一日地坚持着，手牵着手往前走。

他们一直都相信，道阻且长，行则将至。这条路再艰难，只要稳稳当当地站着，不被大风吹倒，总能走下去，总能走到风和日丽的地方。

正如著名作家莫言所言，"希望总是在失望甚至是绝望时产生，并召唤我们重整旗鼓，奋勇前行"，面对困难与挑战，江梦南选择逐梦前行，逆风飞翔，她就是一位追寻梦想的天使，敢于有梦、勇于追梦、勤于圆梦，直至鹰击长空，扶摇直上。

后　记

《伊索寓言》中说，榜样是最好的告诫。榜样有无穷的力量，他温暖人、鼓舞人、启迪人。江梦南的追梦精神便是我们当下最为鲜活的价值观，她勇毅的追梦身影也是我们这个时代有形的正能量。

榜样如灯塔，照耀前行路。江梦南从获评"感动宜章2015年度人物"开始，她的事迹就一直激励着无数的追梦人去追逐光明和希望。2021年，江梦南当选"感动湖南年度致敬人物"，在80名网络投票候选人中，她以21万余票获得网络投票第一名，并被报送至中央广播电视总台，直至获评"感动中国2021年度人物"。

感动，贵在坚持，就像雷锋长期做好事这是一种坚持，长期做一件有意义的事情这样带给人的感动最难能可贵，也最值得推崇。江梦南自强不息、发奋图强追求梦想的过程正是集中体现了这种坚持不懈的精神品质，在很多人年纪轻轻就喊着"躺平"的时候，江梦南无疑给这些人树立了一个非常好的榜样，也会激励很多比如自身有先天不足，或者缺乏自信的人重拾信心。

"人生万事须自为，跬步江山即寥廓。"习近平总书记在庆祝中国共产主义青年团成立100周年大会上勉励新时代共青团员和广大青年做追求进步的"五个模范",为青年成长成才、建功立业指明了前进方向。

时代向前,青年向上。梦想从来不遥远,于无声处见精神。本书的采访与写作,真实见证和真情记录了江梦南敢于有梦、勇于追梦、勤于圆梦的铿锵足迹。我相信,她的故事也将会为更多人,特别是为青少年读者播种梦想、点燃梦想,也希望我们每一个青少年都为实现中华民族的伟大梦想贡献一份青春能量。

本书的采访创作过程中,感谢江梦南的母亲江文革、父亲赵长军耐心细致地讲述她成长过程中的点点滴滴,本书成稿后,感谢他们付出大量的时间和精力对文稿进行审定、修改。感谢江梦南在繁忙的学业和科研之余克服北京疫情所带来的影响,专门抽出宝贵的时间对本书内容进行审读并提出许多有建设性的修改意见。感谢江梦南和她的父母授权我们使用她以及他们家里的照片用于本书出版相关事宜。

本书的创作与出版,得到了中共湖南省委宣传部、中南出版传媒集团,郴州市委、市政府,宜章县委、县政府的大力支持。同时,感谢江梦南的许多长辈、亲友、老师、同学对本书的采访写作提供帮助。感谢湖南电子音像出版社的同仁为本书的编辑、出版所付出的辛勤劳动。

曾 散

2022 年 5 月